까칠한
재석이가
비상했다

* 본문에 인용한 《일광유년》(2021 | 옌렌커 저, 김태성 역 | 자음과모음)은 적합한 절차를 통해 이용 허가를 받았습니다.

고정욱 지음

애플북스

차례

머리말 …6

1. 대학생이 된 재석 …11
2. 어머니의 무인 카페 …19
3. 병조와의 만남 …27
4. 그리운 보담이 …37
5. 샤크의 공연 …43
6. 부라퀴의 연락 …51
7. 키다리 할아버지 …55
8. 백일장의 아침 …66
9. 일구의 제안 …77
10. 일촉즉발 …85
11. 이별통보 …92
12. 해는 지고 갈 길은 멀고 …102
13. 충격적인 소식 …111
14. 부라퀴의 죽음 …118

15. 고통은 늘 내 곁에 … 127
16. 병조의 꿈 … 137
17. 작은 승리 … 148
18. 다가온 수능 … 155
19. 집주인 재석 … 160
20. 합격과 불합격 … 171
21. 찾아온 보담이 … 179

재석이와 함께 한 16년 QnA … 191
미리 읽어 본 독자 평가단의 감상 … 209

머리말

이 세상에 공짜는 없다

    2009년, 애플북스 출판사로부터 처음으로 청소년 책을 집필해 달라는 청탁을 받았습니다. 그렇게 해서 탄생한 작품이 바로 《까칠한 재석이가 사라졌다》입니다. 그로부터 어느덧 16년이 흘렀습니다. 그동안 많은 일이 있었습니다. 40대 후반이었던 나는 어느새 60대 중반이 되었습니다. 독자들의 뜨거운 사랑 덕분에 마침내 이번 10탄까지 출간하게 되었습니다. 출판계에서 결코 쉬운 일이 아닙니다. 연극이나 뮤지컬로도 만들어지고, 보드게임으로도 소개되었으며 베트남에서 출간되기도 했습니다.

    오늘날 어린이 청소년들은 그 어느 때보다 풍족한 환경에서 살고 있습니다. 의복, 학용품, 교육, 기회 등을 보면 과거와는 비교할 수 없을 정도입니다. 해외여행은 물론이고 유학도 가능합니다.

    하지만 이런 풍요로움 속에서 청소년들은 과연 행복할까요? 현실은 그렇지 않은 것 같습니다. 여전히 공부에 대한 고민, 친구 관계의 문제, 꿈의 부재, 그리고 학교 폭력과 왕따가 그들을 괴롭히고 있습니다. 이러한 청소년들에게 용기와 희망을 주기 위해 시작했던 까칠한 재석이 시리즈를 이제 마무리하려 합니다. 그동안 시대는 변했고 독자들의 취향도 달라졌습니다. 새로운 이야기를 시작할 때가 된 것입니다. 아쉽지만 재석이도 성장하여 어른이 되어야 합니다. 비록 가진 것 없이 어려운 환경에서 살아왔지만, 재석이는 굳건히 자신의 꿈을 찾아 성장하고 있습니다. 꿈을 찾는 일은 결코 쉬운 일이 아닙니다. 이 작품 10탄에서는 재석이의 화려한 성공을 보여주고 싶었지만, 현실을 아는 작가로서 무책임하고 환상적인 결말을 독자들에게 함부로 보여줄 수는 없었습니다. 재석이가 자신의 꿈을 이루기 위해 고군분투하는 모습을 여전히 응원해 주시길 바랍니다. 비록 주어진 환경은 빈약할지라도, 이를 활용해 자신의 인생을 멋지게 만들어 나갈 수 있음을 증명한 것입니다. 이는 마치 돌멩이 하나로 맛있는 수프를 끓이는 옛 이야기와도 같습니다. 시간과 노력, 그리고 피와 땀을 더하면 우리 모두 재석이처럼 꿈을 향해 나아갈 수 있습니다.

  이 책에서 재석이는 대학입시라는 큰 벽을 마주하며 많은 어려움을 겪습니다. 하지만 주변의 응원과 격려에 힘입어 포기하지 않고 끝까지 노력합니다. 여러분도 부모님의 조언을 단순한 잔소리가 아니라 먼저 세상을 경험한 선배의 조언으로 받아들여 보세요. 책 속 이야기를 단순한 재미로만 보지 말고, 그 안에 담긴 메시지를 발견하길 바랍니다. 재석이 시리즈를 다 읽은 독자라면 그 메시지를 통해 자신의 삶을 더 멋지고 의미 있게 만들어 나갈 것입니다. 남들과는 다른 삶을 살고, 스스로 미래를 준비하는 여러분이 되길 바라며, 길고 길었던 까칠한 재석이 이야기를 이제 마무리하려 합니다. 그동안 아낌없는 사랑을 보내주신 독자 여러분, 그동안 감사했습니다. 여러분도 이 책의 제목처럼 높이 비상하길 바랍니다.

2025년 새봄 북한산 기슭에서
고정욱

전편 줄거리

말보다 주먹이 앞서고 가진 거라곤 큰 덩치와 의리뿐인 황재석. 어린 시절 겪은 가난과 아버지의 부재로 인한 결핍감으로 삐딱한 문제아가 되었으나 주변의 도움으로 환골탈태한 재석의 옆에는 항상 든든한 친구인 보담, 민성, 향금이 있다.

사건 사고로 가득했던 1년을 보내고 드디어 고등학교 2학년이 된 재석! 아빠가 되어 개과천선한 기명은 대학에 들어가 전문적으로 공부해 떡집을 크게 키우겠다는 포부를 갖고 1학년으로 복교한다. 이번에도 당연히 기명을 돕기 위해 의리파 재석과 친구들이 총출동한다! 기명뿐 아니라 작가가 되고 싶은 재석, PD가 되려는 민성, 아나운서가 꿈인 향금 역시 전교 1등인 보담과 호진의 도움으로 '집중력 기르기'를 연습한다. 또 멘토인 김태호 선생님, 변변의 조언을 들으며 성적을 올리기 위한 〈스톱워치 공부법〉〈복습 공부법〉 등을 하나씩 실천해 나간다.

하지만 기초가 없고 집중력이 약한 재석과 기명, 친구들은 마음먹은 대로 성적이 오르지 않아 답답해한다. 이 와중에 조폭인 쌍날파가 독버섯처럼 학생들에게 다가와 촉수를 뻗치며 불량서클를 재건하려는 움직임을 보이고, 쌍날파 소속의 현규가 숨겨왔던 진심을 보여주는데……

대학생이 된 재석

"팟!"

한동안의 어둠을 일순에 없애듯 1203호 강의실에 불이 켜졌다. 순간, PT 화면 앞에 두 학생이 마주보고 있는 장면이 나타났다.

"하하하! 네가 원하는 게 무엇인지 너 스스로도 모른단 말이냐? 꿈도 없이 어찌 너는 야망을 가지고 세상에 나아가려 하느냐?"

맞은편에 있는 후드티 입은 대학생 하나가 반항적 태도로 말했다.

"이 세상에는 수없이 많은 가능성이 있지 않습니까? 그 많은 가능성 중 하나를 선택하는 것이 그렇게 쉬운 일인가요?"

"하하하! 그렇다면 나를 부르지 말았어야지. 부르지 말았어야 해!"

"아, 나의 어리석음을 그렇게 다 단절로… 끊어내려는 것입니까?"

후드티의 학생이 버벅대자, 갑자기 뒤에 앉아 있던 연출자 재민이 외쳤다.

"잠깐만! 그렇게 연습해 오라고 했는데, 연습이 안 됐잖아!"

"미안해. 이 대사가 자꾸 씹혀서……."

"어제 밤새도록 연습했다면서? 이러면 무대에 못 올라가!"

재민의 얼굴엔 불만이 가득했다. 그러자 연기를 하던 후드티는 그동안 쌓였던 감정이 폭발했는지, 갑자기 대본을 집어 던졌다.

"야, 이 대본이 거지 같아서 못 하겠어. 이따위 대본으로 연극을 올린다고? 말이 되는 소리를 해! 구체적이지도 않고, 대사 치는데 나도 무슨 소린지 이해할 수도 없어."

"뭐, 말이 되는 소리를 하라고? 너희들도 읽고 좋다고 했잖아!"

갑자기 되는대로 의자에 앉아 있던 학생들은 서로 언성을 높이며 다퉜다. 그때 맨 뒤에 앉아 있던 이 희곡의 작가가 자리를 박차고 일어났다.

"애들아, 싸우지 마! 공연을 앞두고 리허설 하는데 왜 이러는 거야? 이게 정말 연극을 하겠다는 마음이 있는 거야, 없는 거야?"

그들이 올리려는 연극은 〈꿈은 없다〉였다. 대학생들이 진로를 찾지 못해 헤매는 이야기를 다루며, 극본은 바로 Y대학교 문예창작과 2학년인 재석이 쓴 것이었다. 연출하는 친구 재민은 정치외교학과 2학년이었다. 재석의 입학 동기이기도 했다.

그동안 3년의 세월이 흘렀다. 힘든 입시를 거쳐 Y대학교 문예창작과 학생이 된 재석은 다양한 창작 활동을 통해 자기가 쓴 희곡으로 가을축제에서 연극 공연을 준비하고 있었다. 하지만 연극부 아이들은 개성이 지나치게 강했다. 각자 추구하는 바가 너무 달랐다. 배우를 꿈꾸는 연예인 지망생도 있었고, 그저 호기심에 연극부에 가입한 녀석들도 있었다. 극히 일부겠지만 연애를 위해 온 녀석이 있을지도 몰랐다. 그러나 그런 것에 신경 쓰지 않고 재석은 자신의 꿈인 글쓰기에 집중하고 있었다. 언젠가 넷플릭스 드라마 작가가 되려면 이런 과정까지도 잘 익혀야만 한다는 생각이었다.

한참 동안 격렬한 말다툼이 이어지던 중, 배우 중 한 녀석이 강의실을 박차고 뛰쳐나갔다. 아까 그 후드티였다.

"나, 더 이상 못 해! 이따위 허접한 대본으로는!"

대본을 허공에 뿌려 버리고 나가자, 재석은 어이가 없었다. 과거 성질대로라면 그대로 쫓아가 메다꽂고 싶었지만, 참아야 했다. 이제 질풍노도의 고교생도 아니고 명색이 극작가인데 연극 연습에 직접 나설 순 없었다. 연극의 진행과 모든 공연은 전적으로 연출자의 책임이기 때문이다. 심지어는 약간의 연기 지도조차도 할 수 없었다. 그것은 오로지 연출자의 권리였기 때문이다. 조용히 의견을 내는 것 정도만 가능했다. 극단 단원들이 모두 마음이 상해 있을 때, 재석이 진정시켰다.

"얘들아, 오늘은 여기까지 하자. 너희들이 대본에 문제가 있다고 생각하면 내가 몇 번이고 고쳐줄게. 어차피 우리가 무대에 올라가는 건 다 경험을 위한 거잖아. 목숨 걸 일 없어."

"그래, 알았어."

흥분을 가라앉히고 제작진들도 안정을 찾았다. 간신히 상황을 수습한 뒤 재석은 점퍼를 걸치고 강의실을 나섰다.

"재석아, 어디 가냐?"

정민이 쫓아왔다.

"어, 나? 지금 미팅하러 가는 중이야."

"야, 그거 은석이가 주최한 거 아니야?"

"맞아. E여대 애들이랑 만나기로 했어."

"나도 거기 가."

두 아이는 서둘러 강의실을 나와 백양로를 달려갔다. 가을의 캠퍼스는 아름다웠다. 곱게 뻗은 길로 대학생들이 파도처럼 오가며 젊음을 구가하고 있었다. 곳곳에 각종 행사나 학술대회를 알리는 현수막이 나부끼고, 탁 트인 정문 앞쪽으로 번화한 신촌의 풍경이 펼쳐졌다.

재석은 이렇게 축제를 준비하고, 공모전에도 응모하며 분주하면서도 알찬 대학 생활을 즐기고 있었다. 오늘은 다른 대학 여학생들과 미팅까지 계획되어 있지 않은가. 그의 목표는 대학 다닐 때 작가로 등단하는 것이었다. 동문 선배인 김인숙 소설가가 롤모델이었다. 물론 최인호 작가도 있지만 그는 이미 고등학교 때 등단한 레전드였다.

"듣자 하니까, 네 친구들도 다 대학 갔다며?"

정민이 물었다. 녀석은 고등학교 때 한 번 재석을 본 적이 있었고, 그의 전설과 같은 활약상을 소문으로 들어 알고 있었다.

"응, 다들 잘 다녀."

화려한 대학가 앞을 걸어가며 재석은 오랜 친구들이 문득 그리웠다.

"H대입구는 여기서 전철 타야 되잖아?"

"걸어갈 생각이었는데 그냥 버스 타고 가자."

둘이 버스 정류장으로 걸어갈 때 등 뒤에서 귀에 익은 노인의 탁한 목소리가 들렸다.

"재석아!"

처음엔 제대로 듣지 못해 재석은 지나쳤다.

"재석아!"

다시 한번 더 부르는 소리에 고개를 돌리니, 놀랍게도 그곳엔 부라퀴가 서 있었다.

"하, 할아버지? 어떻게 여길 나오셨어요?"

부라퀴는 분명 휠체어를 타고 집에서만 지내는 중증 장애인이었다. 그런데 이렇게 멀쩡하게 서 있는 게 아닌가. 기적이 눈앞에 일어난 거였다.

"재석아, 너 왜 이러고 있냐?"

"할아버지. 오랜만입니다."

재석은 황급히 고개 숙여 인사를 했다.

"내가 너를 그렇게 가르쳤건만, 이게 뭐냐!"

그 순간, 부라퀴는 재석의 온몸을 붙잡고 흔들며 크게 외쳤다.
"정신 차려, 이놈아!"
"아악!"

재석은 깨어났다. 꿈이었다. 재석은 좌우를 살폈다.
'여기가 어디지?'
고개를 돌려보니, 은평구청 부근 M학원 옆 편의점 파라솔 테이블에서 팔에 얼굴을 묻고 잠들어 있던 자신을 발견했다.
"학생 피곤한가봐요."
키 크고 눈이 초롱초롱한 중년 여인이 전단지 뭉치를 돌리다 물었다. 인근의 어린이 독서논술 학원 전단지의 화려한 컬러가 눈에 꽂혔다.
"아, 네."
"혹시 대학생 알바 필요하면 우리 학원에 와요. 저기 저 초등 논술학원이에요."
"아, 네."
"길에서 잠들 정도로 열심히 공부하는 대학생 오랜만에 보네요."
"아, 저 대학생 아니에요."

길 건너를 가리키는 여인의 착각에 재석은 자신의 처지를 다시금 깨달았다. 입시에 두 번이나 실패한 자신의 모습은 바로 삼수생 그것이었다.

어머니의 무인 카페

"오늘 과제는 열 줄 정도 시를 쓰는 거다. 자, 그럼 주제를 발표할게. 오늘의 주제는 '누군가 나를 보고 있다.'"

김태호 선생님, 아니 김 강사는 칠판에 이번 주 수업의 주제를 적고 있었다. 재석의 학교 국어선생님이던 김태호 선생님은 재석이가 고3일 때 상금이 무려 2억 원인 배달일보 현상공모에 장편소설이 당선되었다. 제대로 세상에 한 방 먹이며 다시 한번 본격적인 작가로 돌아온 거다. 그 뒤 바로 재석이 졸업하는 해에 학교를 관두고 전업 작가의 길로 뛰어들었다.

"재석아, 너 우리 학원으로 와라."

그랬던 김태호 선생님은 1년 뒤 몇몇 문학 동료들과 문예창작학원을 열었다. 이름하여 괴테학원. 그 학원의 원장이 된 그는 이렇게 말했다.

"우리나라 제도권 교육에서 글을 쓰고 싶어 하는 아이들이 제대로 된 배움을 얻을 길이 없어서 내가 직접 나섰다. 재석이 너 삼수생이라며? 반드시 나에게 와라!"

글 주제가 주어지자 옆자리의 다른 아이들은 바로 노트를 꺼내어 펜을 움직이기 시작했지만, 재석은 가방에서 노트 대신 핸드폰을 꺼냈다. 앱을 터치하자 분할된 화면 네 개가 떴다. 화면에는 작은 카페의 내부와 외부가 다양하게 찍히고 있었다. 어머니의 무인 카페였다. 불광천 변의 뜨개질 공방이 불경기로 잘되지 않고 몸이 쇠약해지자 이렇게 무인 카페를 차린 것이다. 건강도 부쩍 좋지 않고 하루 종일 카페에 있는 것이 쉬운 일은 아니었기 때문이다. 특히 양 무릎이 아주 안 좋았다. 괴테학원에서 어머니의 무인 카페 CCTV를 잠시 들여다보고 나서야 약간 안심이 되는 재석이었다.

김태호 선생님은 아이들이 글 쓰는 동안 자신의 노트북 컴퓨터 모니터를 들여다보고 있었다. 재석은 CCTV 화면에서 눈을 뗀 뒤 몇 줄의 시를 써내려갔다.

'감시, 통제, 자유……. 남의 시선이라고. 그래, 그럼 CCTV를 쓰면 되겠어.'

가장 가까운 것, 가장 잘 아는 것을 쓰는 것이 글이 된다는 걸 재석은 잘 알고 있었다. 아이디어를 얻자 긴 머리를 되는 대로 쓸어 넘기고 책상 위에 놓은 노트북 컴퓨터의 자판을 두들기기 시작했다. 얼마의 시간이 지났을까, 김태호 선생님이 재석에게 다가왔다.

"잘 쓰고 있나?"

"선생님. 시는 좀 어려워요."

재석의 노트북 모니터에 뜬 시를 보더니 김태호 선생님이 말했다.

"어디 재석이부터 읽어볼까?"

강의실의 10여 명 남짓한 재수생과 고3 학생들이 일제히 재석을 바라봤다. 대부분 문예창작과를 가고 싶어 이렇게 밤 늦은 시간까지 괴테학원에 와 꿈을 키우는 아이들이었다. 재석도 교과목 학원 수업이 끝나면 바로 이곳으로 왔다. 창작실이라고 카페처럼 만들어 학생들이 공부나 자습을 할 수 있게 마련해 둔 공간이 차분해서 글이 잘 써지기 때문이다.

비정한 눈 CCTV

유리창 너머, 차가운 눈이 떠 있다
숨죽인 거리, 그 위에 비추는 빛
눈동자 없는 시선들이 날카롭다

삶의 한 자락도 놓치지 않는다
서로를 의심하며, 우리는 지켜본다
철저한 기록, 잊히지 않을 시간들
웃음도 눈물도 모두 이곳에 갇힌다

자유는 모퉁이에서 발길을 돌리고
침묵 속에 덮인 우리들의 비밀
감시 아래, 우리는 점점 투명해져 간다
아니 사라져 간다

김태호 선생님은 재석의 낭송을 다 듣고 나서 약간 미간을 찌푸리며 강의실 앞으로 나갔다.
"재석아, 이 시는 나름대로 너의 생각을 잘 담아냈지만, 대학입시 실기고사에서 이런 식으로 접근해서는 안 된다."

"네?"

재석은 어안이 벙벙했다. 나름 잘 쓴 시인 것 같은데 김태호 선생님의 반응은 좋지 않았기 때문이다. 김태호 선생님은 교탁을 짚고 말을 이었다.

"입시에서는 교수들이 대부분 작가야. 그들은 감성만으로는 만족하지 않아. 독자들은 물론 감성만 있어도 좋아할 수 있지만 그분들은 종합적으로 봐."

김태호 선생님은 강의실을 한 바퀴 둘러보며 다른 학생들도 듣게끔 목소리를 높였다.

"첫째, 입시에서 통하는 글은 명확한 주제가 있어야 해. 네 시는 감정적으로는 좋았지만, 주제가 분명하지 않아서 독자가 너의 의도를 명확히 파악하기 어려울 것 같아. 교수들이 네가 무엇을 말하고 싶은지 단번에 알 수 있게 해야 해."

재석은 고개를 끄덕이며 김태호 선생님의 말을 받아들였다.

"둘째로, 논리적인 전개가 중요해. 시가 아무리 감성적이라도, 논리적으로 어느 정도 설득력이 있어야 해. 네가 말하는 감시나 통제에 대한 이야기도 좋지만, 그것이 왜 중요한지, 어떤 결과를 초래하는지에 대해 좀 더 논리적으로 풀어야 하는 거야."

다른 아이들은 김태호 선생님의 이야기를 받아 적기 바빴다. 괴테학원에서 수험생이 할 일은 그것 말고는 없기도 했다.

"마지막으로, 구체적인 예시가 필요해. 물론 시니까 너무 길면 안 되지만 네 시에서 한 구절이라도 CCTV가 어디에 있으며, 무얼 보고 있는지 언급하면 더 생생해지지. 역촌동 편의점이라든가 말야. 일반적인 이야기보다는 네가 경험한 것을 바탕으로 구체적으로 쓰는 것이 더 효과적이야. 그러면 교수님들도 네 글에 더 깊이 공감하게 될 거야."

다른 아이들의 시작 발표까지 다 마무리될 때쯤 종이 울리고 학원 수업이 끝났다. 학생들이 우루루 몰려나갔고, 재석도 가방을 챙겼다.

"오늘도 고생했어, 재석이 형."

옆자리 인석고 3학년 민찬이가 인사를 건넸지만, 재석이는 그저 가볍게 고개를 끄덕일 뿐이었다. 이제 재석에게는 카페로 가서 택배로 배달되어 왔을 무인 카페의 음료 재료와 일회용 컵 등을 기계에 장착할 일이 남아 있었다.

재석이는 교실을 빠져나와 복도를 걸으며, 손에 쥔 핸드폰 CCTV를 무심코 확인했다.

"이게 뭐야……?"

눈이 번쩍 뜨였다. 몇몇 사람들은 외부에서 가져온 음식을 카페 테이블 위에 어지럽게 흩어 놓았다. 쓰레기가 바닥에 굴러다니고, 누군가는 몸싸움하기 직전으로 언성을 높이고 있었다. 소리는 들리지 않았지만 재석의 가슴이 두근거리기 시작했다. 계단을 내려가며, 그의 마음은 점점 조급해졌다. 주머니 속에서 휴대전화가 진동했다. 어머니였다.

"여보세요, 엄마?"

어머니의 목소리가 떨리고 있었다.

"재석아, 큰일 났어. 카페에 사람들이 몰려와서 난리도 아니야! 내가 홈캠 인터폰으로 진정하라는데도 말을 안 듣는다. 경찰에 신고할까?"

"엄마 내가 갈게요. 잠시 기다려 봐요."

재석은 이미 상황을 알고 있었지만, 어머니의 다급한 목소리에 마음이 더 불안해졌다. 어머니는 진정되지 않는 목소리로 당부했다.

"알겠어. 하지만 조심해, 알았지? 절대 무리하지 말고. 정 안되겠다 싶으면 경찰에 먼저 연락해."

"알았어요."

짧게 대답하고 전화를 끊었다. 서둘러 때마침 지나가는 택시를 잡았다. 괴테학원에서 카페까지는 기본요금 거리였다.

제발 아무 일 없길 바라며 재석은 밤거리의 창밖을 내다봤다. 그동안 카페에 크게 문제가 일어났던 적은 없었다. 대학생이 된 친구들이 찾아오기도 하고 이웃들이 오는 동네 사랑방 역할을 했기 때문이다. 물론 음료 가격도 쌌다. 한두 번 카페에서 음료를 시키지 않고 자리를 차지하거나, 오랜 시간 버티며 다른 손님이 오는 걸 막는 일이 있는 정도였다.

  카페 입구에 도착한 재석은 택시에서 내려 황급히 안으로 들어갔다.

병조와의 만남

재석이 카페 문을 열고 들어서니 괴성을 지르며 한 사람이 싸움을 말리는 중이었다. 의자와 테이블이 나뒹굴고 있었고, 사람 셋이 뒤엉켜 몸싸움이 한창이었다. 이대로 놔뒀다가는 카페가 폭파될 것 같았다.

"왜 이러세요?"

뒤엉켜 싸우던 사람들은 재석과 또래인 젊은 청년들이었다. 덩치 큰 재석이 나서서 멱살을 잡고 있는 사람들 사이를 갈라놓고, 주먹을 휘두르는 자를 카페 밖으로 밀어냈다. 그들은 술 냄새를 풍기며 이미 취해 있었다. 발버둥치는 자를 번쩍 들다시피 해서 카페 바깥의 화단으로 내몰았다.
"당장 그만두세요! 이 카페 주인입니다. CCTV에 다 찍혔어요!"
"알았어요! 알았다고요."
밖에 나와 냉정을 찾은 그 자는 잠시 숨을 고르더니 갑자기 지갑을 꺼내 5만 원짜리 몇 장을 던지듯 재석에게 내팽개치고 사라져 버렸다. 순식간이었다. 재석은 카페 안에 남아 있는 사람에게 자초지종을 물어봐야 할 것 같았다. 땅바닥에 나뒹구는 돈을 집어 들고 카페 안으로 들어갔다. 다행히 카페 안의 기물은 파손되거나 망가진 게 없었다. 애초에 무인 카페의 의자와 테이블은 튼튼한 걸로 주문해 놓았기 때문이다. 대충 정리를 하고 나서 테이블에 엎드려 있는 자에게 재석이 물었다.
"안 다쳤어요? 어떻게 된 일입니까?"
술 취한 남자가 고개를 들었다. 얼굴에 코피가 말라붙어 있었다. 심하게 주먹질을 한 것 같지는 않았다. 그런데 그 자의 얼굴은 낯이 익었다.
"어, 너는 병조?"
그는 고등학교 때 헤어지고 보지 못했던 문학소년 병조였다. 그는 항상 시니컬한 언사를 날리며, 재석에게 멘토가 되어 주었던 글쓰기 친구이자 롤모델이었다. 재석은 그 모습을 보며 잠시 멈칫했다. 비치해 둔 물티슈를 갖다 주며 재석이 인사를 건넸다.

"오랜만이다, 병조야."

술 취한 병조는 고개를 들고 재석을 보더니, 깜짝 놀란 표정으로 입을 떼었다.

"재…… 재석이냐?"

병조는 잠시 멍하니 그를 바라보다가, 서둘러 재석이 건네주는 물티슈로 얼굴을 닦았다.

"어…… 그래, 나야."

재석은 고개를 끄덕이며 병조 앞에 쓰러져 있던 의자를 세우고 앉았다. 어색한 침묵이 흘렀다.

"그런데 네가 여기 웬일이야?"

병조가 물었다.

"여기, 우리 카페야."

"너희 카페? 너 어머니가 뜨개질 공방 하신다고 하지 않았어?"

"공방을 하셨지. 근데 요즘 불경기에 어머니도 몸이 안 좋으셔서 무인 카페로 전환했어. 내가 하루에 한두 번씩 와서 관리해 드리고 있는데, CCTV를 보다 보니까 누군가 싸우고 있길래 달려온 거야."

"어, 미안하다. 듣고 보니까 네가 그런 카페를 한다는 말을 친구들이 했던 것 같아. 거기가 여기구나."

친구들에게 이미 소문을 들었다면, 재석이 대학에 가지 못한 것까지도 병조는 알고 있을 것만 같았다. 대학에 가지 못했다는 것과 진학했다는 것은 패자와 승자만큼 큰 거리가 있었기에, 재석은 잠시 위축되는 느낌을 받았다. 병조는 잠시 머뭇거리더니 재석을 똑바로 바라보았다.

"근데…… 진짜 오랜만이다. 우리가 마지막으로 본 게 언제였지? 졸업식 때였나?"

재석은 잠시 생각하다가 웃었다.

"졸업식…… 맞아. 그때 우리가 작별인사를 했나 모르겠다."

"맞아, 그때도 말 한마디 없이 헤어졌잖아."

"병원 가야 하는 거 아니냐? 얼굴 좀 심하게 맞은 것 같은데."

"에이, 괜찮아. 이 정도로 병원까지 갈 필요는 없어."

"그래도 얼굴 좀 얼얼할 텐데. 괜찮냐?"

"괜찮아, 진짜. 손해가 난 건 내가 보상할게."

"네가 일부러 그런 것도 아니잖아. 그리고 망가진 거 없어.

아까 너랑 다투던 사람이 돈을 확 던져버리고 가더라."

그 말을 들은 병조가 한숨을 쉬며 재차 말했다.

"미안하다. 부끄럽네."

재석은 아이스 아메리카노 두 잔을 새롭게 기계에서 뽑아 병조와 마주 앉았다.

"넌 대학 갔다고 들었는데."

"응 B대 국문과 2학년이야."

"B대 국문과 2학년? 그렇구나. 넌 역시 글을 쓰더니……."

재석은 잠시 놀라며 병조를 바라보았다. 글 쓰며 성실하게 공부하다가 좋은 학교를 간 병조를 보니 기가 죽었다. 하지만 자신의 신상을 말하지 않을 수는 없었다.

"나도 국문과나 문창과 가고 싶어서……."

"그럼 다른 과 갔니? 어느 학교 다녀?"

가슴이 턱 막혔다. 병조는 재석의 소식을 못 들은 것 같았다. 병조까지 속이고 싶지는 않았다.

"아니. 나…… 삼수 중이야. 친구들한테 내 소식 못 들었어?"

"……."

삼수 중이라는 말에 병조는 더 이상 말을 잇지 못했다. 둘의 대화는 이어질 수가 없었기 때문이다.

"그나저나 왜 싸웠어?"

화제를 바꾸기 위해 재석이 물었다.

"아까 그 친구랑 같은 문학 동아리 친구야. 우리 학교는 아니고 D대 다니는 친군데 같이 술 먹고 대화 나누다 작품에 대한 의견이 달라서 사소하게 말다툼 끝에 난동 부린 거야."

"작품 이야기하다가 이렇게 된 거라고?"

재석은 이해할 수 없었다. 글 쓰는 건 어디까지나 자유의지에 의해 하는 것이기에 남의 작품을 가지고 누구를 험담하거나 괴롭히는 것은 아니라고 생각했기 때문이다.

"글 쓰는 일이 그렇게까지 심각한 일이었어?"

병조는 쓰게 웃으며 고개를 저었다.

"처음에는 그냥 서로 의견 나누고 그랬는데, 작품에 대한 생각이 너무 달랐거든. 특히 창작 방식이나 문체 같은 부분에서 완전히 충돌했지. 처음엔 말로만 다퉜는데, 감정이 격해지더니 자존심 건드리더라구."

병조는 고개를 숙이며 창피한 듯 덧붙였다.

"내가 좀 참았어야 했는데, 나도 내 작품의 약점을 찔리니까 흥분을 했어. 술도 좀 취했고 서로 자기가 맞다고만 하니까 일이 이렇게 커졌어. 흥분 가라앉힌다고 커피 마시자고 온 건데 앙금이 남았던 거야."

"그래도 큰일 나지 않아서 다행이다."

재석은 병조의 어깨를 가볍게 두드리며 위로했다. 하지만 대학에서 문학작품에 대한 토론이 얼마나 열정적이면 이렇게 다투면서까지 하나 싶었다. 이해할 수 없는 세계를 엿본 것 같은 막연한 동경심이 가슴 안에서 뭉게구름처럼 피어올랐다.

"창작이라는 게 원래 그렇잖아. 서로 생각이 다를 수밖에 없지."

"그렇지. 나도 그렇게 생각하는데, 문학 하는 애들은 자존심이 너무 강해서 문제야."

재석은 병조의 이야기를 들으며 잠시 생각에 잠겼다. 문학 동아리에서 토론하고, 창작물을 발표하며 친구들과 의견을 나누는 병조의 대학 생활이 재석에게는 낯설지만 부러웠다. 그는 병조를 바라보며 씁쓸한 미소를 지었다.

"너, 대학 생활 진짜 재미있게 보내고 있구나. 부럽다."

병조는 재석의 말을 듣고 고개를 갸웃거리며 물었다.

"근데 너는 왜 아직 대학에 못 갔어? 글 잘 써서 어디든 갈 줄 알았어. 삼수생이라니 좀 의외다."

재석은 잠시 머뭇거리다 솔직하게 털어놓았다.

"사실, 내가 중고등학교 때 공부를 많이 등한시했잖아. 그래도 그냥 놀고만 싶었고, 그때는 공부가 중요하다는 걸 잘 몰랐어."

"그래서 그때 공부를 못 해서 지금까지 삼수 중인 거야? 너 맘 잡고 열심히 했잖아?"

"응. 뒤늦게 공부하려고 하니까 너무 어렵더라. 다른 애들은 이미 앞서가고 있는데, 그걸 따라잡는 게 쉽지 않더라고."

사실 재석은 잘 이해도 못 하는 수업시간에 교실에 앉아 있는 것만으로도 무척 괴로웠다. 초중고 때 국영수 등의 과목의 기초를 전혀 닦지 않았기 때문이다.

"그래도 지금은 열심히 하고 있는 거지?"

재석은 한숨을 내쉬며 말했다.

"응. 근데 가끔은 이 길이 내 길이 아닌가 싶기도 해. 오늘 네가 대학에서 그렇게 글 쓰면서 네 꿈을 향해 나가는 걸 보니 아득하기만 하네."

"지금이라도 열심히 하면 되는 거지. 너라면 충분히 할 수 있을 거야."

그때 카페 문이 열리면서 젊은 여자가 들어왔다. 긴 생머리에 단정한 옷차림을 한 그녀는 카페 안을 둘러보더니, 바로 병조에게 걸어왔다. 병조는 그녀를 보자 당황한 표정을 지었다.

"아, 세연아. 여기 웬일이야?"

"병조야, 너 또 사고 친 거야?"

세연이라는 여학생은 병조를 다짜고짜 힐난했다.

"친구들이 연락해서 너 여기 있는 거 알았어. 대체 왜 또 그래?"

듣자하니 병조는 친구들과 이런 식으로 가끔 다툼이 있었던 모양이었다.

병조는 세연의 꾸짖음에 머리를 긁적이며 작게 말했다.

"미안해…… 술이 좀 과했어. 나도 어쩌다 보니까……."

세연은 한숨을 내쉬며 병조의 상태를 확인했다. 그녀는 병조를 한심하다는 듯 바라보다가, 카페를 정리하며 자리를 비켜준 재석에게 눈길을 돌렸다.

"아, 안녕하세요. 이 카페 사장님이세요?"

재석은 천천히 고개를 끄덕였다.

"네, 황재석이라고 합니다. 병조랑은 고등학교 동창이에요."

"아, 네. 미안해요, 이렇게 폐를 끼쳤네요."

세연은 고개를 숙이며 재석에게 인사를 했다. 그러더니 병조의 팔을 잡아당겼다.

"가. 내가 지하철역까지 데려다 줄게."

병조는 고개를 끄덕이며 힘없이 자리에서 일어섰다. 세연은 병조를 부축하며 그를 카페 밖으로 데리고 나갔다. 재석은 멀어져 가는 두 사람을 물끄러미 바라보았다. 여친인 세연이 병조를 꾸짖으면서도 챙겨주는 모습을 보면서, 재석의 머릿속에는 자신의 여자 친구 보담이 떠올랐다.

보담은 늘 그에게 힘이 되어 주었고, 재석이 힘들 때마다 언제나 옆에서 그를 응원해 주었다. 그뿐 아니라 갈길 모를 때는 지혜로운 선생님이었고, 꿈을 향해 나아가게 하는 롤모델이었다. 그리움이 뭉게구름처럼 피어나니 문득 보고 싶어졌다.

하지만 보담과 재석은 이제 더 이상 함께하지 않았다. 둘은 오래 전 헤어진 상태였다. 재석은 카페를 마지막으로 점검하고 쓸쓸한 발걸음으로 집으로 향했다. 어차피 카페는 24시간 운영이었다.

그리운 보담이

 카페 밖으로 나오니 밤바람이 얼굴을 스치며 불어왔지만, 재석의 머릿속은 온통 복잡한 생각으로 가득했다. 보담과 연락이 끊긴 지 오래라는 상실감이 새삼 가슴까지 먹먹하게 만들었다.
 집에 도착해 디지털 도어 록을 풀고 현관문을 열고 들어선 재석은 조용히 신발을 벗었다. 거실에는 불이 켜져 환했고, 어머니가 소파에 정물처럼 앉아 있었다. 어머니는 재석이 들어오자마자 걱정스러운 얼굴로 그를 바라보았다.
 "재석아, 수고했어. 친구도 만났나 보더라."

어머니는 CCTV로 다 보고 있었다. 재석은 잠시 멈칫하다가 고개를 끄덕이며 대답했다.

"다 수습했어요. 별일 없었어요. 고등학교 동창 병조가 우연히 우리 카페에 왔더라고요. 그냥 작은 소란이었어요."

어머니는 여전히 걱정스러운 눈빛으로 바라보며 말했다.

"정말 괜찮은 거지? 너 다친 데는 없고?"

"응, 나 괜찮아요. 걱정하지 마요."

재석은 병조의 친구가 던지고 간 20만 원을 어머니의 식탁 위에 올려놓았다. 역촌동 재건축 조합장에게서 등기우편으로 온 안내문 옆에 잘 보이게 올려둔 뒤 방으로 들어왔다.

방에 들어가자마자 재석은 문을 닫고 침대에 털썩 주저앉았다. 방에 가득 찬 고즈넉함이 오늘따라 더욱 쓸쓸하게 느껴졌다.

첫 대학입시에서 재석은 문예창작학과에 무려 네 군데나 지원했다. 고3 시절 내내 재석은 매일같이 밤늦게까지 책을 읽고 글을 쓰며 자신의 꿈을 위해 준비했지만, 결과는 냉혹했다. 지원한 모든 대학에서 합격 소식을 기다리며 하루하루 초조하게 지냈던 그에게 돌아온 건 연이은 불합격 통보뿐이었다. 처음 한두 군데에서 떨어졌을 때는 그저 운이 나빴다고 생각했다.

"괜찮아, 아직 기회는 있어."

초조한 가운데 스스로를 위로했지만, 세 번째 불합격 통지를 받은 순간, 재석의 마음속에 서서히 불안이 자리 잡기 시작했다. 그리고 마침내 네 번째 대학에서마저 자신의 순번까지 연락이 오지 않자 재석은 그 자리에 주저앉고 말았다.

"왜…… 왜 이렇게 된 거지?"

혼잣말을 하며 컴퓨터 모니터에 뜬 불합격 화면만 한동안 바라보았다. 인생이 실패로 돌아간 기분이었다. 결정적인 건 수능 성적이었다. 너무 긴장해서인지 평소 점수도 맞지 못한 것이다. 머릿속을 스치는 생각은 오로지 후회뿐이었다.

재석은 자신을 탓하며 과거를 후회했다. 당시에는 공부 대신 친구들과 어울려 다니는 것이 더없이 즐거웠지만, 지금은 그 모든 것이 깊은 좌절감으로 다가왔다. 노력한다고 했지만 자신이 허비한 시간들이 후회스러웠고, 이제 혹독하게 그 대가를 치르고 있다는 사실이 견디기 힘들었다. 오늘의 내 모습은 과거 내 삶의 결과라는 말이 진실로 느껴졌다. 친구들은 이미 대학에 입학해 각자의 길을 부지런히 걷고 있었고, 재석만 이 자리에 멈춰 서 있는 기분이었다. 재석은 자신을 자책하며 한숨을 내쉬었다. 문예창작과라는 꿈은 그에게 너무 멀게만 느껴졌고, 그 꿈을 이루기 위해 자신이 준비가 제대로 되지 않았다는 뼈 때리는 진실이 더욱 괴로웠다.

좌절감이 쓰나미처럼 몰려와 한동안 아무것도 할 수 없었다.

재수 기간에는 책을 펴려고 해도 손이 움직이지 않았고, 글을 쓰려 해도 머릿속이 텅 빈 것 같았다. 그동안 노력했던 시간이 모두 헛수고가 된 것 같아 억울하기도 하고, 어디서부터 다시 시작해야 할지 막막했다. 창밖을 바라보며 스스로에게 질문했다.

"이 길이 정말 내 길이 맞을까?"

대학입시에 실패한 현실 앞에서 그는 꿈을 다시 한번 돌아보게 되었다.

재수생의 가장 어려운 문제는 더 이상 학교가 입시 준비에 개입해 주지 않는다는 거였다. 고등학교 때는 학교생활이 수능 대비에 직접적으로 도움이 되지 않았다. 때때로 시간 낭비라고 하는 일들을 계속해야 했기 때문이다. 반면 재수는 잘만 하면 시간을 스스로 관리하면서 효율을 극대화할 수 있다는 장점이 있었다. 대신에 규칙적으로 학교에 가는 것도 아니고 학원 수업을 빼먹어도 누가 뭐라고 하지 않는다. 행동에 대한 책임은 오롯이 자신이 져야만 한다. 물론 학교처럼 엄격하게 등원 시간을 체크하고, 퇴원 시간도 체크해 주는 학원도 있다. 무단 조퇴, 출석과 결석도 관리하고 부모에게 알려준다. 학교처럼 규정을 만들어서 관리하는 곳도 있다. 이게 싫으면 집에서 하루 종일 공부하거나 스카(스터디카페)나 독서실을 다녀도 된다. 결국은 개개인 의지의 문제였다.

"아 정말 괴롭다."

재석은 하루 종일 느꼈던 좌절감과 실망감을 떨쳐내려 책상 앞에 앉았다. 괴테학원 과제도 있었다. 조금이라도 많이 써야 단기간에 능력치를 올릴 수 있다고 늘 김태호 선생님은 말했다. 하지만 오늘은 도무지 글이 써지지 않았다. 머릿속에 떠오르는 감정은 오로지 하나, 자신이 낙오자나 패잔병처럼 느껴진다는 슬픔뿐이었다. 그는 한숨을 쉬고 펜을 들어 종이에 짧은 글을 되는대로 쓰기 시작했다.

낙오자의 슬픔

달리는 기차는 멈추지 않고 뒤에 남겨진 자는 홀로 서야만 한다. 길 잃은 발걸음은 어디로 가야 할까? 차가운 바람만이 얼굴을 스친다. 저 멀리 희망이라 여겼던 희미한 불빛이 멀어져 가고 손을 뻗어도 닿을 수 없는 꿈은 차갑다. 시간은 무심히 흘러가는데 나만 멈춰 선 이 자리. 길은 열려 있으나 나아가지 못하고, 꿈은 가까이 있으나, 잡을 수 없네. 아니 꿈이 있긴 한 건가. 나만 홀로 멈춰 서 있는가? 낙오자의 슬픔만 가슴에 담고.

  재석은 펜을 내려놓고 잠시 시도 아니고 산문도 아닌 어정쩡한 자신의 글을 바라보았다. 하지만 몇 줄이라도 낙서처럼 끼적이고 나니 조금은 마음이 가벼워진 것 같았다.
  하지만 그 가벼움도 잠시일 뿐, 여전히 그를 짓누르는 것은 자신이 뒤처지고 있다는 깊은 불안감이었다.
  쓰던 노트북을 닫고 자리에서 일어나 침대로 걸어갔다. 지친 몸을 침대에 눕히고 나서야 온몸의 긴장이 풀렸다. 천장을 바라보니 회의적인 생각이 바퀴벌레처럼 스멀스멀 밀려들었다.
  침대에 누운 지 얼마 지나지 않아 눈꺼풀이 무겁게 내려왔다. 오늘 하루의 피로가 몸을 덮치듯 몰려왔다. 천천히 눈을 감았다. 피곤한 몸은 그 모든 것을 단번에 제압할 힘이 있었다. 오래지 않아 잠이 찾아와 죽음처럼 모든 생각과 감정을 덮어버렸다.

샤크의 공연

민성에게서 오랜만에 전화가 온 것은 괴테학원 앞 편의점에서 재석이 컵라면을 먹고 있을 때였다.

"와썹 브로, 잘 있지?"

"민성이구나. 나 잘 있어."

"공부는 잘 돼?"

"뭐 그냥 그래."

"너 바쁘겠지만 혹시 알바 할 수 있어?"

"알바?"

"응. 하루만 하며 돼. 돈도 많이 줘."

"뭔데?"

"샤크가 내한공연 하는데 공연장 스텝이야."

샤크는 독창적인 음악적 성과로 대중음악사에서 가장 위대한 아티스트 중 한 명이라는 평을 받고 있었다. 힙합을 넘어 EDM, R&B, 펑크 등 다양한 장르에서 새로운 트렌드를 이끌어냈다. 특히, 정통 흑인음악을 자신만의 방식으로 세련되게 표현해 재석의 플레이 리스트에 항상 저장되어 있었다.

"오 정말이야? 고마워."

그렇게 해서 재석은 진행 요원으로 샤크의 콘서트에서 아르바이트를 하게 되었다.

오랜만에 민성을 볼 생각에 가슴 설레며, 재석은 콘서트 장소인 일산으로 향했다. 버스를 타고 가면서 살짝 들뜨는 마음을 숨기지 못했다.

콘서트 장에 도착한 재석은 제작진 안내소로 찾아갔다. 그곳에서 민성을 만났는데, 녀석은 벌써 행사 매니저로 이것저것 주어진 일을 하고 있었다. 곁에는 향금도 후드티를 입고 스태프 조끼를 걸친 채 일하는 게 보였다.

"야, 재석아!"

향금이 먼저 반갑게 손을 흔들며 다가왔다.

"향금이 오랜만이다. 민성아, 네가 이렇게 행사 매니저라니,

멋진데?"

민성도 고개를 돌려 웃으며 말했다.

"우리 학교 선배님이 이 행사 진행 담당이야. 이번에만 행사 매니저로 나서게 됐어. 너는 오늘 보디가드야."

재석은 잠시 놀란 표정을 지었다.

"보디가드라니? 그럼 내가 샤크를 보호하는 건가?"

"뭐, 그 정도까지는 아니고, 구역마다 스태프들이 관중의 안전을 책임지는 거지. 네가 맡을 구역은 3-A 구역이야."

셋은 반갑게 이야기를 나누며 함께 행사장 구역을 확인했다. 민성은 재석에게 그가 맡을 지역을 안내하며 세부적인 역할을 알려주었다.

"이쪽 구역은 제일 중요한 곳이니까 네가 맡아 줘. 공연이 시작되면 흥분한 관객들이 몰릴 테니까 정신 바짝 차리고 있어야 해. 향금이는 샤크 부인 미란다를 밀착 수행해야 해."

"아, 떨려!"

향금은 눈을 찡긋하고는 이내 자기가 맡은 일을 하러 다른 방향으로 사라졌다.

"알겠어. 잘 해."

재석도 미소 지으며 답했다. 민성은 고개를 끄덕이며 말했다.

"잘 해 보자."

샤크의 공연은 정말 대단했다. 흙을 4-50톤을 퍼부어 꾸민 무대 위에서 펼쳐지는 열정적인 퍼포먼스와 관객들의 떼창은 전율이 느껴질 만큼 강렬했다. 재석은 그 열기를 느끼며 잠시 자신의 꿈을 다시 떠올렸다.

"와! 오늘 대박!"
"원래 리스닝 파티라서 음악만 들려주는 건데 수십 곡을 샤크가 직접 불렀어!"
"8만 원짜리 공연에서 대박이야."

공연이 끝나자 관객들이 흥분을 미처 가라앉히지 못한 채 공연장을 빠져나갔다. 그 가운데, 재석은 간신히 민성과 다시 만날 수 있었다.

"수고했다, 재석아. 아르바이트 비용은 송금해 준다고 하니까 걱정 말고."
"응, 고생 많았다. 너도 오늘 매니저로 잘 하더라."
"향금이는 호텔까지 수행해야 해서 먼저 갔어. 너한테 잘 말해달래."
"응, 바쁜 걸, 뭐."

둘은 공연장 부근의 포장마차로 향했다. 피곤함을 달래기 위해 따뜻한 어묵 국물 한 그릇을 앞에 두고, 이런저런 이야기를 나누기 시작했다. 민성은 자신이 다니는 K방송대에서 빨리 학업을 마치고, 현장에 PD로 나가겠다는 포부를 털어놓았다.

"이제 2학년인데, 빨리 졸업하고 현장에서 일하고 싶어. 언젠가 내가 직접 기획하고 연출하는 게 꿈이야."

민성은 애초에 PD 되는 것이 꿈이었다. 그러다 유튜브라든가 쇼츠 등이 나오며 꿈은 조금씩 바뀌었다. 그렇지만 자신의 꿈을 향해 올곧게 나아가는 건 분명했다.

재석은 고개를 끄덕이며 그의 이야기를 들었지만, 마음속 어딘가에는 쓸쓸한 기분이 스며들었다. 자신은 아직 대학도 못 갔으니 그 어떤 이야기에도 적극적으로 낄 수가 없었다.

"향금이는 어떻게 지내?"

"그런데 향금이도 요즘 바쁘다더라. 과에서 연극 공연 준비하고 있대."

민성의 말에 재석은 잠시 멍해졌다. 향금이, 고등학교 때 함께 꿈을 이야기하던 그녀도 이제 자신의 길을 찾고 있는 모양이었다.

"열심히들 하고 있구나. 둘 다 참 멋있다."

재석은 애써 미소를 지으며 말했다. 그러나 속마음은 쓰렸다.

"너도 이번엔 대학 꼭 갈 거야. 삼세판이라는 말도 있잖아?"

민성이 격려했지만, 막연한 그 말이 재석에게 큰 위로가 되지는 않았다. 재석은 고개를 숙이며 어묵을 한 입 베어 먹었다. 따뜻한 국물이 식도를 타고 내려갔지만, 마음은 여전히 차가웠다. 민성과 향금이가 각자의 꿈을 위해 열심히 달리고 있다는 사실이 재석에게는 더없이 축하할 일인 동시에, 자기 처지와의 비교로 인해 쓸쓸함을 느끼게 하는 현실이기도 했다.

포장마차의 불빛 아래에서 두 친구는 잠시 침묵했다. 민성은 자신이 이야기한 포부에 가슴이 부풀었고, 재석은 자신이 앞으로 나아가야 할 길에 대한 불안감에서 벗어나지 못한 채 넋을 놓고 있었다. 포장마차에서 이야기를 나누던 중, 민성이 문득 은지의 이야기를 꺼냈다.

"맞다, 너 은지 소식 들었어?"

"아니?"

"은지가 M대학교 심리상담학과에 합격했대. 이제 상담교사가 되는 게 꿈이라더라."

그 말을 듣는 순간, 재석은 놀랐다. 은지와는 연락을 끊은 지 오래였기 때문이다.

"정말? 은지가 교사를 꿈꿔? 대단하다."

하늘이 엄마인 은지는 검정고시에 합격해 또래보다 더 빨리 대학에 갈 수 있었다. 하지만 좀 더 좋은 학교에 가려고 몇 번 더 시험을 봤던 모양이다. 그리고 드디어 원하던 대학에 입학한 것 같았다.

"응, 너도 알잖아. 은지가 어려움에 처했을 때 상담을 통해 제자리로 왔잖아. 그래서 그쪽으로 진로를 정한 모양이야. 요즘 열심히 공부하고 있다고 하더라."

재석은 은지가 교사의 꿈을 꾸며 열심히 공부하고 있다는 사실에 마음 깊이 감동했다.

"은지라면 정말 잘할 거야. 워낙 성실하고, 사람들 도와주는 걸 좋아하니까. 은지네 준호 형도 잘 지내나 모르겠다."

"그 형 반도체 장비 만드는 네덜란드 회사 들어가서 애기도 낳고 잘 살아."

그 순간, 재석은 자신이 얼마나 친구들과 멀어졌는지를 실감했다. 민성, 은지, 그리고 다른 친구들 모두 각자의 길을 걸으며 발전하고 있는 사이 자신은 그동안 그들과의 연락을 끊고 있었다. 오랜만에 듣는 소식들이 마치 또 다른 세상에서 들려오는 이야기처럼 느껴졌다.

"그런데, 기명이 형도 올해 C대학 식품영양학과에 다니고 있어. 1학년인데, 원주로 가서 공부 중이야."

"기명이 형도?"

재석은 놀라움과 동시에 기쁜 마음이 들었다.

"C대 식품영양학과라니, 형도 멋지게 해내고 있네. 진짜 다들 잘 지내는구나."

"그러게. 기명이 형은 요즘 원주에서 자취하면서 대학 생활을 꽤 즐기는 것 같더라. 공부도 열심히 하고 말이야. 주말에만 서울 오는 주말부부래. 큭!"

친구들과의 연락이 끊긴 동안, 그들은 끊임없이 노력하며 자신들의 길을 찾고 있었다. 재석은 그들을 진심으로 축하해 주었지만, 동시에 자신의 미래를 어떻게 만들어가야 할지 고민이 깊어졌다. 고개를 주억거리며 차가워진 어묵 국물을 한 입 마셨다.

부라퀴의 연락

 다음 날 카페 청소를 마친 뒤 괴테학원으로 돌아가는 길에 무거운 마음을 달래기 위해 휴대폰을 꺼냈다. 무심코 인스타그램을 열어 스크롤을 내리던 중, 문득 보담이의 프로필이 눈에 띄었다. 오랜만에 본 프로필 사진 속에서, 보담이는 미국 그랜드 캐니언을 배경으로 활짝 웃으며 서 있었다. 배경은 아름다웠고, 보담이의 미소는 여전히 밝았다.
 '그래, 미국에 어학연수를 갔다고 했지.'
 재석은 한참 동안 사진을 바라봤다. 보담이는 S대학교 법대에 진학해 최고 대학에서 화려한 대학 생활을 누리고 있었다. 재석의 기억 속 언제나 성실하고 똑똑했던 보담이의 모습 그대로였다. 하지만 지금 재석에게 그 모습은, 마치 보담이가 감히 손에 닿을 수 없는 아득한 곳에 있는 것처럼 거리감이 느껴졌다. 그때 갑자기 핸드폰 진동이 왔다. 화면에 뜬 이름이 부라퀴 할아버지임을 보고 재석은 잠시 멈칫했다. 오랜만에 온 연락이었다. 재석은 잠시 망설이다 전화를 받았다.

"할아버지, 그간 안녕하셨어요?"

"그래, 재석아. 오랜만이구나."

부라퀴의 목소리는 한층 더 기력이 빠진 듯 들렸다. 재석의 멘토이자 그에게 인생의 지혜를 나눠 주던, 삶의 장인 부라퀴도 이제는 나이가 들어 많이 쇠약한 상태였다.

"잘 지내셨어요? 건강은 어떠세요?"

"나야 뭐, 이제 나이도 있고, 기운도 다 빠졌지. 예전만 못하구나."

부라퀴의 목소리에는 여전히 온화함이 남아 있었지만, 재석은 불안했다.

"재석아, 시간 되면 내일 한번 집으로 찾아오겠니? 보고 싶구나."

부라퀴가 부드럽게 말했다. 재석은 순간 마음이 무거워졌다. 부라퀴가 자신을 찾는다는 사실에 가슴이 덜컥했다. 보여주거나 이룬 것 하나 없이 그 앞에 나서려니 주눅이 들었기 때문이다.

"제가 가도 괜찮을까요? 할아버지께 실망을 드리지 않을까 걱정되는데요."

재석은 솔직하게 털어놓았다. 그러자 부라퀴가 웃으며 말했다.

"무슨 소리냐? 삼수생이 된 게 뭐가 부끄럽단 말이냐. 대기만성(大器晚成)이라는 말도 있지 않느냐? 재석아, 네 인생은 이제 막 시작인 거야. 시간이 좀 걸린다고 해서 너무 걱정하지 마라."

부라퀴의 격려에 재석은 잠시 말을 잃었다. 삼수생이라는 피곤한 현실에 지쳐 있던 그는 그동안 이런 말을 한 번도 들어본 적이 없었다. 그 누구도 그를 그렇게 따뜻한 말로 다독여 주지 않았다.

"네가 어떤 길을 걷든, 결국 너만의 속도로 가면 된다. 실패는 성공의 반대말이 아니다. 실패는 성공의 과정일 뿐이란다. 너는 충분히 잘하고 있어. 그러니까, 너무 주눅 들지 말고 내일 시간 내서 한번 와라. 기다리고 있겠다."

부라퀴의 목소리는 나지막했지만, 그의 말 속에는 묵직한 힘이 담겨 있었다. 재석은 그 말을 듣고 마음이 조금은 가벼워지는 것을 느꼈다. 부라퀴의 존재는 언제나 그에게 든든한 버팀목이었다.

"네, 알겠습니다. 내일 꼭 찾아뵐게요."

"그래, 기다리고 있을 테니 천천히 와라. 몸 챙기면서."

부라퀴는 마지막으로 한마디 더 남기고 전화를 끊었다. 재석은 잠시 하늘을 올려다보았다. 할아버지의 말은 마치 어두운 구름 사이로 한 줄기 빛이 비추는 것처럼, 그의 마음을 따뜻하게 감쌌다. 오랜만에 느껴보는 위로였다.

그날 밤, 재석은 평소보다 일찍 잠자리에 들었다. 내일 부라퀴를 보러 갈 생각에, 그동안 자신이 느꼈던 무거운 부담이 조금은 가벼워지는 듯했다. 부라퀴와의 만남이, 그에게 다시 한번 시작할 용기를 줄 것만 같았다.

키다리 할아버지

　강남역 1번 출구에서 밖으로 나온 재석은 부라퀴가 사는 아파트를 향해 걸음을 재촉했다. 오늘 부라퀴를 잠깐 만나고, 저녁에 다시 괴테학원에 가야 했기 때문이다. 오랜만에 와 본 강남역은 더욱 변화해진 듯했다. 그곳을 지나자 민성, 향금, 그리고 보담과 어울렸던 모든 추억이 새록새록 샘솟았다. 벌써 몇 년 전의 일이 되었으니, 세월의 속절없음에 재석은 쓸쓸함을 느꼈다.

　골목으로 접어들었을 때였다. 오래된 낡은 건물을 헐고 신축 중인 공사장 앞이 조금 복잡해 보였다. 공사용 차량들이 부산히 오가고, 건축 기사와 노동자들이 도면을 보며 건물 여기저기를 가리키고 있었다. 조심스레 지나가던 재석에게 누군가가 소리쳤다.

"재석이 아니야?"

재석은 고개를 돌렸다. 어딘가 낯이 익은, 양복을 입고 헬멧을 쓴 청년이 그를 바라보며 반가운 표정을 짓고 있었다.

"누구지? 아, 일구! 못 알아봤어. 반갑다."

한때 이종격투기 대결까지 했던 일구였다. 둘은 굳세게 악수했다. 일구의 악력은 여전했다.

"어떻게 지내?"

"나? 잘 지내. 여기 내가 분양하는 건물 짓고 있는 중이야."

"그래? 너 건축 회사 다니는구나."

"응, 이 회사에 다녀."

반가웠다. 일구가 이렇게 번듯한 회사의 직원이 되었다니 조금은 의외였다. 하지만 그럴 수도 있는 일이었다. 자신이 삼수생이 된 것도 의외였듯, 일구가 번듯한 회사 직원이 된 것도 다 가능한 일이었다.

"그래, 대학은 갔어?"

일구는 다짜고짜 물었다.

"아니, 나 삼수해."

일구는 재석을 위아래로 훑어보며, 무언가를 알겠다는 듯 고개를 끄덕였다.

"힘들겠구나. 어머님은 잘 지내시고?"

"어머니도 건강이 안 좋으셔서……. 공방 접고 무인 카페로 바꾸셨어."

"아, 그래? 변화가 많았구나."

"응. 친구들은 다 대학 갔고, 유학 간 애들도 있고……."

그렇게 둘은 근황 토크를 잠시 나누었다.

"나 여기 재건축 담당이야. 오래된 아파트 헐고 새로 짓거든."

"그래? 우리도 아파트 하나 재건축한다고 난리인데. 뭐 조합원끼리 서로 싸우고 그러나 봐."

"거기가 어딘데?"

"역촌동이야. 뭐 조합끼리 나뉘어서 싸우고 그러는 거 같아."

"그런 일 종종 있어."

둘은 그렇게 잠시 이야기를 나누고 헤어졌다.

"그래, 재석아. 조만간 한번 만나자. 연락할게."

"응, 알았어."

왠지 모르게 자신만만해 보이는 일구를 뒤로하고, 재석은 더욱 위축된 모양새로 부라퀴가 사는 아파트에 들어섰다. 미리 말해 놨는지 경비원이 재석을 알아보고는 문을 열어 주었다.

부라퀴의 집은 오랜만에 방문하는 것이었다. 예전과 달리 모든 문지방을 깎아, 바닥이 평평하고 매끄럽게 되어 있었다. 아마도 휠체어를 타고 다니는 부라퀴가 실내를 자유롭게 이동할 수 있도록 인테리어를 바꾼 것 같았다. 문이 열리자 처음 보는 초로의 여인이 재석을 맞아 주었다.

"어서 오세요. 재석 학생이지요?"

"네, 할아버지 계신가요?"

"들어오세요. 어르신, 학생 왔습니다."

방 안에서 쉰 목소리가 들렸다.

"재석아, 들어와라."

안방에 들어가 보니, 휠체어에 누운 부라퀴가 재석을 맞이했다.

"그래, 오랜만이구나."

예전에는 앉아 사용하던 휠체어가 이제는 누운 채로 쓸 수 있는 와상 장애인용 휠체어로 바뀌었다. 한눈에 봐도 상태가 더 나빠진 것을 알 수 있었다.

"할아버지, 오랜만에 뵙습니다."

재석은 정중히 인사하며 가져온 음료수를 방 한쪽에 내려놓았다.

"그래, 어서 와라. 요양사님, 거실로 나갑시다."

요양사는 능숙하게 휠체어를 밀어 빛이 환하게 드는 거실에 자리를 잡아 주고, 춥지도 않은데 부라퀴의 무릎에 담요를 덮어 주었다. 부라퀴는 그 사이에 많이 노쇠해 있었다. 그러나 그 노쇠함 속에서도 눈빛은 여전히 형형했다.

"재석이, 요즘 공부하느라 애쓰는구나."

"아, 아닙니다."

재석은 쥐구멍이 있으면 숨고 싶은 심정이었다. 대학입시에서 실패한 건 부끄러움, 아니 죄였다.

"대학입시에 실패한 게 네가 부족해서 그런 거라고 생각하느냐?"

"네, 그렇게 생각하는 게 나을 것 같습니다."

부라퀴는 고개를 끄덕였다. 요양사가 과일과 음료수를 가져오자, 재석은 음료수만 잠깐 마셨다.

"지금이 중요한 시기지? 공부하기도 힘들고."

"어떻게 아세요?"

"제자 중에 학원 강사가 있어. 학원 강사에게 '재수하는 아이들이 언제가 제일 힘드냐?'고 물어봤더니 요즘이 힘들다고 하더구나. 꽃피는 삼사월이 재수하기 힘들지. 고등학생들은 학교에 갇혀 있기라도 하지만, 재수생이나 삼수생은 아무도 강제로 가둬 놓지 않잖니. 대학 가는 건 자기 의지를 시험하는 일이야. 이걸 이겨내지 못하면 뜻을 이루기 어려워."

"예."

부라퀴는 마치 명언 제조기 같았다. 그의 말 한마디 한마디가 뼛속을 파고들며 피가 되고 살이 되는 이야기들이었다.

"부끄럽습니다, 할아버지."

"부끄럽기는. 사람이 100년을 사는데 1~2년 잠깐 멈칫하면서 성장하는 건 나쁜 게 아니야. 대나무가 왜 길게 자라는지 알지? 마디가 있기 때문이란다. 마디 없이 계속 빈 상태로 올라가면 결국 부러지게 되어 있거든. 너는 지금 마디를 만드는 중이라고 생각하면 된다."

"네."

"그래도, 여전히 작가의 꿈은 가지고 있니?"

"예, 할아버지. 저는 글 쓰는 게 좋습니다. 비록 자격과 실력이 부족해서 아직 대학은 못 갔지만…."

"걱정하지 마라. 꼭 대학을 나와야 좋은 글을 쓰는 건 아니야. 학교에 다니지 않아도, 오히려 다니지 않았던 그 참신한 시각으로 세상에 경종을 울릴 수도 있는 거란다. 위대한 작가가 꼭 위대한 대학을 나온다는 법은 없어."

하지만 그런 말은 재석에게 전혀 위로가 되지 않았다. 그저 고개만 끄덕였다.

"보담이와는 카톡을 하느냐?"

"아니요, 카톡 안 한 지 오래됐습니다."

"왜?"

"보담이는 바쁘고, 저는······."

갑자기 울컥했다.

부라퀴는 이해한다는 듯 고개를 끄덕였다.

"이 녀석아, 친구는 그런 게 아니야. 힘들고 어려울 때일수록 친구는 더 소중한 거란다. 내가 보담이에게 '재석이 위로해 주라'고 말했었는데, 이 녀석이 미국에 있어서 잘 안 된 모양이구나. 요양사님, 우리 손녀딸에게 카톡 전화 한번 해 보세요."

"알겠습니다, 어르신."

요양사는 재빨리 핸드폰을 꺼내더니 영상 통화를 시도했다.

"할아버지, 안 하셔도 괜찮아요."

재석은 너무나 부끄러웠다. 비참한 자신의 모습을 보담에게 보여주고 싶지 않았다.

"아니다, 이 녀석아. 이럴 때 한번 통화하는 거야."

부라퀴는 모든 것을 알고 있다는 듯 말했다. 잠시 후, 꿈에서도 잊을 수 없는 보담이의 목소리가 들렸다.

"할아버지!"

"보담이냐?"

"할아버지, 건강은 어떠세요?"

목소리가 떨리고 있었다.

"나 잘 있다. 오늘 반가운 손님이 왔구나. 자, 통화 한번 해 봐라."

부라퀴는 핸드폰을 재석의 얼굴 앞으로 내밀었다. 화면에는 살짝 그을린 보담이의 건강한 얼굴이 나타났다.

"어머, 재석이구나! 잘 있었어?"

"그래."

"소식 들었어. 입시 준비하느라 힘들겠다."

"아니야, 내가 부족해서 그런 거야. 올해는 꼭 열심히 공부해서 대학 갈 거야."

"그래, 고마워. 나 지금 놀러 왔어."

보담이는 핸드폰 카메라를 돌려 뒷배경을 보여주었다. 멋진 미국 어느 도시의 밤 풍경이 보였다.

"지금 선배들이랑 애리조나 주 피닉스에 캠핑하러 왔어."

뒤로는 다양한 인종의 학생들이 어울리는 모습과 커다란 캠핑카가 보였다.

"피닉스는 IT 메카로 발전해서 우리나라 회사들도 많이 와 있어. 여기 대학 선배가 초대해서 온 거야."

"그래, 잘 놀고 나중에 한국 오면 연락해."

"그래, 재석아. 힘내!"

그렇게 형식적인 통화가 끝났다. 이윽고 부라퀴는 이것저것 세세하게 물었다.

"그래, 어머니는 잘 계시고?"

"네, 어머니는 공방을 그만두시고, 지금은 무인 카페를 차리셨어요."

"무인 카페가 뭐냐?"

"사람 없이 자판기로 카페에서 먹을 수 있는 음료를 파는 곳이에요."

"허허, 요즘은 그런 것도 생겼구나."

"네, 많이들 해요."

"생활은 어떻게 하느냐? 카페로 먹고 살 수 있느냐? 솔직히 말해 보아라."

"전에 할아버지가 사 주신 역촌동 아파트 월세 주고 지금은 연립주택 전세로 살고 있잖아요. 그 아파트 재건축하면 팔고 더 작은 곳으로 옮길까 해요."

"그렇구나."

"제가 대학에 들어가면 어머니는 경기도 가평에 있는, 돌아가신 외할머니 사시던 집으로 가신대요."

"저런, 내가 도와줄 건 없느냐?"

"아니에요, 할아버지. 이미 많이 도와주셨잖아요."

"그래. 어려움은 너를 강하게 만드는 거다. 절대 잊지 마라."

"예."

"세상에 그렇게 대학이 많은데 우리 재석이 들어갈 곳이 없겠느냐."

이런저런 이야기를 나누고 재석은 부라퀴의 집에서 나왔다. 주머니에는 부라퀴가 학비에 보태라며 넣어준 봉투가 있었다.

어쨌든 부라퀴를 만나니 용기가 다시 샘솟았다. 만일의 경우, 부라퀴가 자신을 지켜보고 도와줄 거라는 생각이 들었다.

'그래, 내가 할 일은 열심히 하는 거야. 보담이 앞에 부끄럽지 않은 모습으로 나타나야 해.'

보담이의 밝고 환한 얼굴이 떠올랐다. 어지러운 정신을 가라앉히고 카페로 돌아가, 잠시 부족한 게 없나 살피고 관리한 뒤 앉아서 괴테학원 숙제인 글을 쓰기 시작했다.

재석은 부라퀴 할아버지를 떠올리며, '키다리 아저씨' 같은 존재가 얼마나 중요한지 깨달았다. 누군가를 아무 조건 없이 믿고 도와주는 것은 말로 표현하기 어려운 숭고한 행위다. 재석에게 부라퀴 할아버지는 그런 존재였다. 할아버지는 아무것도 바라지 않고 재석을 도와주었고, 그 덕분에 재석은 여러 번 용기를 얻을 수 있었다. 어려운 시기에 누군가의 신뢰를 받는 것은 단순한 도움을 넘어 삶의 원동력이 될 수도 있었다.

누군가의 꿈을 응원하고 지지해 주는 일은 그 사람의 인생을 바꾸는 힘이 있다. 재석은 부라퀴 할아버지가 준 지원과 격려로, 혼자였으면 쉽게 포기할 수 있었던 순간들을 이겨낼 수 있었다. 도와주는 사람은 그저 사소한 일을 한다고 생각할지 모르지만, 받는 사람에게는 그 사소한 행동이 큰 변화를 일으킨다. 부라퀴가 재석을 믿어준 것처럼, 재석도 언젠가 누군가를 믿고 도와줄 수 있는 사람이 되고 싶었다.

누군가를 믿는다는 것은 그 사람의 가능성을 보고 함께 걸어가는 것이다.

시간이 되어 재석은 괴테학원으로 향했다.

백일장의 아침

　재석은 늦잠을 잤다. 여성가족부 주최의 백일장을 처음 신청한 것부터가 잘못 같았다. 재석과 크게 상관도 없는 대회였기 때문이다. 굳이 나갈 필요가 있나 싶었지만, 그래도 입시를 앞두고 뭔가 포트폴리오에 하나라도 더 넣어야 한다는 강박이 재석이를 일으켰다.
　"재석아, 늦겠다. 빨리 가야지."
　어머니가 방문을 두드리며 외쳤다.
　"네, 일어났어요."
　재석은 서둘렀다. 대충 씻고 아침은 먹는 둥 마는 둥 한 뒤 무거운 발걸음으로 과천 대공원에 도착했다. 입구에는 인터넷 접수한 번호를 확인하는 줄이 이미 길게 늘어서 있었다.

'이런 대회에서 상을 받아봤자 대학입시에 별로 도움도 안 된다고 했는데….'

하지만 이미 여기까지 온 마당에 돌아갈 수도 없었다. 접수를 마치고 잔디밭으로 가니 같이 온 학생들은 여기저기 삼삼오오 모여 있었다. 그 가운데 혼자만 동떨어져 있는 기분이었다. 백일장 시제가 곧 나온다는 소식이 들렸다. 재석은 대충 가방을 열고 노트와 펜을 꺼냈다. 만약 자신이 잘 쓸 수 없는 주제가 나오면 어떡하나 싶었다.

공원에는 바람이 불고 있었고, 곳곳에 놀러 온 가족들이 옹기종기 모여 돗자리를 펴고 있었다. 재석은 주변을 둘러보다가 작게 한숨을 내쉬었다.

'아 입상 경력을 위한 글쓰기는 참 허무한 거로구나.'

재석은 머리를 긁적이며 마음을 다잡고, 답답한 기분에 괜히 펜을 돌리며 시제가 나오길 기다렸다. 마침내 저 멀리 전광판에 시제가 떴다.

"나의 소중한 가족"

재석은 당황했다. 너무 진부한 소재였다. 이미 어디선가 수십 번은 읽어본 에세이 주제 같았다. 대체 이런 걸 어떻게 새롭게 쓴단 말인가? 잠시 머릿속이 하얘졌다. 옆에 앉은 사람들은 이미 뭔가를 적기 시작했다. 종이를 펴고 펜을 잡은 채 고심하는 얼굴들. 재석은 가만히 앉아만 있었다. 아무리 생각해도 이 주제로는 뻔한 글밖에 나오지 않을 것 같았다.

'가족이 중요하다…… 서로 사랑해야 한다…… 어릴 적 따뜻한 기억들…….'

머릿속에 떠오르는 것은 전부 클리셰로 가득 찬 내용이었다.

"에휴…… 역시 괜히 왔어."

혼잣말을 하며 고개를 저었다. 하지만 포기할 수는 없었다. 이왕 접수한 백일장이고, 3시간이라는 제한 시간이 이미 흘러가고 있으니 무작정 시간을 낭비할 수는 없었다. 어떻게든 써야 했다. 입선이나 가작만 받아도 약간의 도움이 될 수 있을 것이기 때문이다. 재석은 상념을 노트에 적으며 글감을 이리저리 구상했다. 가족에 대해 새롭게 쓸 방법이 있을까? 머리를 쥐어뜯고 싶은 심정이었다.

'이렇게 뻔한 주제라면…… 오히려 반대로 가볼까?

가족의 소중함을 부정적으로 접근하는 건 어떨까? 가족이

란 때로는 피곤하고, 귀찮고, 나를 힘들게 하는 존재라고 말하는 식으로.'

생각이 갈피를 잡기 시작했다. 가족의 소중함을 모르고 있다가 뒤늦게 깨닫는 그런 식의 이야기를 쓰면 신선할 것 같았다. 뻔한 이야기 속에서도 새로운 느낌을 줄 수 있을지도 모른다는 가능성이 보였다. 가족이란 당연하게 존재하는 것처럼 여겨지지만, 사실은 그렇지 않은 순간도 많았다. 그는 친구들이 겪는 부모님과의 불화, 싸움, 갈등을 떠올렸다.

일단 펜을 들고 노트에 몇 가지 아이디어를 적었다. '가족이란……?' 이라는 질문을 중심으로 글을 전개할 수 있을 것 같았다. 처음에는 가족의 존재를 가볍게 여기는 주인공이, 시간이 지나면서 그 소중함을 깨닫게 되는 과정. 뭐 이런 걸 자기 경험을 바탕으로 써볼 생각이었다. 그러면서 가족이 짜증 나고, 피곤할 때도 있지만, 막상 힘들 때 떠오르는 건 결국 가족뿐이라는 다소 뻔한 결말을 맺을 계획을 세웠다. 자기감정에 솔직하면서도 독자들이 공감할 수 있는 이야기. 너무 감정적이거나 미화된 내용은 피하고, 조금 냉소적으로 시작해 진솔한 마무리를 짓는 방식은 늘 효과가 좋은 접근법이다.

제한 시간은 이제 2시간 30분이 남았다. 아직 여유가 있었다. 가장 많은 시간을 차지하는 구상이 다 끝났기 때문이다.

재석은 서두르지 않고 천천히 구상을 마무리한 뒤, 한적한 그늘로 갔다. 적당한 그늘진 벤치에 앉자, 주위는 한결 조용해졌다.

"나의 소중한 가족이라……."

여전히 진부하다고 생각하는데 갑자기 엉뚱한 생각이 떠올랐다.

'가족이 꼭 혈연이어야 할까?'

가족의 정의에 대해 깊이 생각해 본 적은 없었지만, 문득 부라퀴 할아버지가 떠올랐다. 그 할아버지는 모두에게 친근한 존재였지만, 재석에겐 특별한 사람이었다. 그가 재석에게 얼마나 많은 영향을 줬는지를 생각했다. 부라퀴는 재석의 진짜 가족은 아니었지만, 가족보다 더 그를 챙겨주고 아껴줬다.

"그래, 가족은 꼭 혈연이 아니어도 되지. 나를 아껴주는 마음이 있는 사람이라면, 그게 가족이야."

확신이 섰다. 할아버지가 자신에게 했던 말과 행동들이 하나둘씩 떠올랐다. 인생의 골목에서 늘 재석을 불러 세워, 인생에 대해 잔소리 같은 조언을 하던 그 모습이 생생했다. 성적이 떨어졌을 때도, 친구들과 싸웠을 때도 할아버지는 누구보다 먼저 그의 이야기를 들어주고 따끔한 충고를 해줬다.

"인생이란 건 말이야, 네가 지금 어떻게 하느냐에 미래가 달렸다. 과거가 어쨌다는 건 중요하지 않아."

그 말이 귀에 쟁쟁했다. 큰 힘을 얻은 말이었다. 재석에게 늘 엄격하게 멘토링을 했지만, 그 속엔 누구보다 따뜻한 마음이 있었다. 이제는 기동도 잘 못 하는 부라퀴의 모습을 생각하자, 마음 한편이 무거워졌다. 얼마 전 방문했을 때 누운 자리에서 겨우 몸을 일으키는 모습을 보였다. 그 장면이 머릿속에 떠오르자 재석은 갑자기 눈시울이 뜨거워졌다.

'가족은 혈연으로만 맺어지는 것이 아니야. 때로는 나를 아껴주고, 진심으로 내 곁에 있어 주는 사람이 진짜 가족일 수 있어. 나에게 그런 사람은 부라퀴 할아버지뿐이었어.'

눈물이 눈가를 적셨다. 자신을 그토록 아끼고 챙겨주던 할아버지가 점점 나이 들어가는 모습이 너무도 슬펐다. 그는 눈물을 훔치며 글을 써 내려갔다.

"가족의 또 다른 이름, 부라퀴 할아버지"

부라퀴 할아버지는 처음부터 나에게 친절한 분이 아니었다. 만날 때마다 "너 그렇게 살면 후회한다"라며 잔소리를 퍼부었고, 잘못할 때마다 깊은 한숨을 쉬곤 했다. 그래서 그의 별명을 야물고 암팡스러운 사람이라는 뜻을 가진 부라퀴로 짓기까지 했다. 나는 그의 잔소리가 싫어 피하려고 했지만, 시간이 지나면서 그의 엄격함이 나를 위한 것임을 깨달았다. 그는 나의 성장을 진심으로 바라며, 나의 미래를 걱정해 주었던 것이다. 나는 아버지 없이 어머니와 단둘이 살았기에, 할아버지는 내게 아버지 같은 존재였다. 그는 남자로서 어떻게 살아야 하는지를 몸소 보여주었고, 가족의 의미를 새롭게 알게 해 주었다. 가족은 혈연만이 아니라, 나를 위해 진심으로 걱정해 주고 힘써 주는 사람이라는 것을 배웠다.

한때 나는 학교에서 문제아로 소문났고, 친구들을 괴롭히며 폭력을 휘두르는 일진이었다. 주변 사람들은 나를 포기했지만, 할아버지는 나를 끝까지 믿고 붙잡아 주셨다. 그의 꾸준한 관심과 조언 덕분에 나는 잘못된 길에서 벗어날 수 있었다. 만약 그가 없었다면, 나는 여전히 그 어두운 길을 걷고 있었을 것이다. 어머니가 혼자 나를 키우느라 고생했지만, 나를 올바른 길로 이끌어주신 건 할아버지였다. 그는 언제나 나를 곁에서 지켜보며 따끔한 충고를 아끼지 않으셨다.

그러나 나는 삼수생이 되어버렸고, 그의 기대에 부응하지 못했다는 죄책감이 크다. 할아버지는 실망하셨을지도 모르지만, 나는 포기하지 않고 다시 도전할 것이다. 트로피를 들지 못하더라도 더 나은 사람이 되어 돌아가겠다고 결심했다. 할아버지가 내게 보여주신 믿음과 사랑에 보답할 수 있도록 끝까지 노력할 것이다. 이제는 내가 그를 자랑스럽게 만들어 드릴 차례다.

  재석은 원고를 제출하며 시계를 확인했다. 딱 오후 1시였다. 제출을 마쳐 숙제를 다한 느낌이었지만 마음은 개운하지 않았다. 심사 결과 발표는 오후 3시, 아직 두 시간이 남아 있었다. 재석은 주변을 둘러보며 쓸쓸한 걸음으로 공원을 배회하기 시작했다. 혼자 배회하는 사람들은 다 백일장 참가자로만 보였다. 어딘가 앉아 시간을 보내기엔 마음이 불편했고, 그렇다고 딱히 할 일도 없었다.

  멀리에 롤러코스터가 보였다. 재석은 롤러코스터를 타 본 지 얼마나 오래됐는지 생각했다. 마지막으로 탄 게 언제였는지 기억도 나지 않았다. 충동적으로 그 스릴을 느껴보고 싶었다. 드디어 차례가 되어 롤러코스터에 올라탄 재석은 안전 바를 꽉 붙잡고 심호흡을 했다. 천천히 움직이다가 서서히 높이 올라가더니, 이내 빠르게 아래로 떨어졌다.

"아악!"

  중력가속도를 느끼며 재석은 가슴 벅찼다. 한편으로는 그 순간이 마치 자신의 인생과 닮았다는 생각이 들었다. 언제나 오르락내리락…… 하지만 멈추지 않는 것이 바로 인생의 속성이었다. 길다면 길고 짧다면 짧은 코스 주행을 마치고 나니 약간은 개운한 느낌이었다. 그때 주머니 속에서 휴대폰 진동이 느껴졌다. 발신자를 보니 일구였다.

"어, 일구야?"

"야, 재석아. 뭐 하냐?"

"나? 지금 과천 대공원에 있어. 백일장 참가했거든."

"백일장? 너 글쓰기는 여전하구나."

"뭐, 대학에 넣을 포트폴리오도 필요하고… 그래서 나왔어. 근데 왜? 무슨 일 있어?"

"별일은 아니고…… 그냥 너랑 좀 만나서 얘기나 하고 싶어서. 시간 있으면 얼굴이나 보자고."

재석은 시계를 흘끗 보았다.

"지금은 3시에 백일장 결과 발표 기다리고 있어. 아직 시간이 좀 남았어."

"아, 그랬구나. 그러면 결과 듣고 사당동으로 와라. 내가 아는 맛집에서 밥이나 같이 먹자."

"사당동?"

멀지 않은 곳이었다. 재석은 살짝 고민했다. 결과가 안 좋으면 녀석과 만나 밥 먹을 일이 내키지는 않을 것 같았다. 하지만 오랜만에 연락을 했으니 굳이 마다할 이유는 없었다.

"그래, 발표 끝나면 바로 갈게. 어디서 만날까?"

"사당역 근처에 있는 파스타 집 알지? 거기서 보자. 맛 괜찮더라."

"알았어. 거기로 갈게. 3시쯤 발표 끝나면 바로 갈 거야."

재석은 약속을 잡고 전화를 끊었다. 휴대폰을 주머니에 넣으면서, 문득 일구와의 여러 추억들이 떠올랐다. 이종격투기로 진검승부 했던 과거가 낯부끄럽게 느껴졌다. 결과가 어떻게 나오든 상관없이 친구로서 얼굴 보는 건 나쁠 게 없다고 애써 자위했다.

3시가 되자, 공원 안의 잔디밭 연단 앞으로 사람들이 하나둘씩 모여들기 시작했다. 재석도 천천히 그곳으로 향했다. 긴장된 마음을 숨기고 있었지만, 손끝이 살짝 떨렸다. 속이 편할 리 없었다. 가족들끼리 온 참가자들이 삼삼오오 모여 웃고 떠드는 모습이 시야에 들어왔다.

"오래 기다리셨습니다. 드디어 제 손에 입상자 명단이 들어왔습니다."

사회자가 마이크를 잡고 입상자 발표가 시작되었다. 먼저 입선자가 한 명씩 불렸다. 사람들의 박수 소리와 함께 무대 위로 사람들이 올라갔다. 재석은 숨을 죽인 채 자신이 불리길 기다렸지만, 자신의 이름은 나오지 않았다.

'괜찮아, 아직 기회는 있어.'

재석은 애써 침착하게 마음을 가다듬었다. 입선과 가작 발표가 계속 이어졌다. 하지만 재석의 이름은 들리지 않았다. 대신 무대에 올라가는 사람들은 모두 중년의 아줌마들이었다. 가족들이 환호하며 사진을 찍고, 서로 끌어안는 모습이 이어졌다. 재석은 점점 불안해졌다. 금은동상 발표가 끝난 뒤 대상을 발표할 차례였다. 사회자는 긴장감을 높이기 위해 잠시 멈추고, 시선을 잔디밭에 모인 사람들에게 던졌다.

"대상은…… 김현숙 씨!"

"어머! 어떡해! 어떡해!"

한 중년 여성이 기뻐 어쩔 줄 모르며 무대 위로 올라가자, 큰 박수가 터져 나왔다. 재석은 자신이 떨어졌다는 사실을 받아들여야만 했다. 사람들이 박수치는 소리, 환호하는 소리가 멀게만 느껴졌다. 재석은 그 자리에서 움직일 수가 없었다. 더 머무를 필요가 없었다. 서둘러 자리를 빠져나왔다.

일구의 제안

　재석은 사당동의 파스타 집 앞에 도착했다. 문을 열고 들어가자마자 일구가 보였다. 깔끔한 양복에 넥타이까지 맨 일구의 모습은 재석에게 조금 낯설게 느껴졌다. 일구는 활짝 웃으며 손을 흔들었다.

"재석아, 왔냐? 여기 앉아."

　둘은 자연스럽게 자리에 앉아 반갑게 인사를 나눴다. 오랜만에 만난 친구와의 대화가 어색할 법도 했지만, 둘은 마치 어제도 만난 것처럼 편안하게 대화를 이어갔다.

"그동안 어떻게 지냈냐?"

"뭐, 여전히 학원 다니고 있지. 그래서 이번에 백일장도 나가봤고…… 근데 결과는 별로였어."

일구가 고개를 끄덕이며 말했다.

"근데 너 원래 글 잘 쓰긴 했는데, 솔직히 그걸로 먹고살긴 어렵지 않냐?"

일구의 말에는 어느 정도 현실적인 염려가 묻어 있었다. 재석은 잠시 침묵했다. 사실, 일구의 말이 틀린 게 아니었다. 글로 생계를 유지하는 일은 정말 쉽지 않다는 걸 누구보다도 잘 알고 있었다.

"뭐, 그렇긴 하지. 먹고살 만큼 벌긴 어려울 거야."

일구는 고개를 끄덕였다.

"그렇지? 내가 현장에서 일해 보니까 세상은 돈 없으면 진짜 힘들더라."

그는 넥타이를 가볍게 만지며 웃었다.

"차라리 너도 나랑 같이 일하는 건 어때? 건설 현장에선 언제나 사람이 필요하거든. 솔직히 돈은 꽤 괜찮아. 안정적이고."

재석은 잠시 생각에 잠겼다.

"건설 현장……? 너처럼 말이지?"

"지금 너 삼수하면서 얼마나 스트레스 받겠냐? 차라리 우리 현장에서 일하면서 돈도 벌고, 조금 안정된 삶을 살아봐. 글이야 취미로 써도 되잖아. 뭐 노동을 하라는 게 아니야."

　재석은 대꾸하지 못하고 잠시 눈을 피했다. 일구의 말이 현실적이라는 걸 알면서도, 쉽게 결정을 내릴 수는 없었다. 글쓰기를 포기해야 하나 하는 생각이 자꾸 머릿속을 맴돌았다. 대학을 포기하면 다른 건 할 일이 없다고 느끼게 만드는 이 사회 분위기가 자꾸 발목을 잡았다. 일구는 잠시 재석의 표정을 살피더니, 다시 말을 꺼냈.

　"사실 내 주변에 격투기 포함해서 운동하는 애들이 꽤 있어. 걔네들 보면 생각이 많아지더라. 프로 운동선수 되겠다고 진짜 열심히 하는데, 현실은 하늘의 별 따기거든. 운동으로 성공하는 사람은 극소수야. 그래서 다들 부업이나 다른 일을 하면서 운동을 병행해. 왜냐면 생계가 안정돼야 자기가 좋아하는 걸 계속할 수 있거든."

　일구는 잠시 말을 멈추고 재석을 바라봤다.

　"너도 마찬가지야, 재석아. 네가 글 쓰는 걸 좋아하는 거야 당연히 알지. 하지만 글로 당장 먹고살 수 있을까? 글을 써봐야 지금 당장은 힘들지 않을까 싶어. 차라리 안정된 직업을 하나 가지는 게 어떨까? 운동하는 애들도, 결국 생계 대책을 세우고 나서야 운동에 매진할 수 있거든. 글 쓰는 것도 마찬

가지 아닐까? 네가 정말로 글을 쓰고 싶다면, 일단 먹고살 수 있는 방법부터 찾자. 그러면 너도 마음 편하게 글을 쓸 수 있을 거야."

"……."

재석은 여전히 말없이 앉아만 있었다. 일구의 말은 틀리지 않았다. 그러나 그가 정말 그렇게 현실에 타협하고, 안정된 직업을 가진 후에도 글을 계속 쓸 수 있을지 확신이 서지 않았다. 재석은 파스타를 포크에 감아 입에 밀어 넣으며 슬쩍 일구에게 물었다.

"건설 쪽이라고만 들었는데, 구체적으로 뭐 하는 건데?"

일구는 잠시 말을 멈추더니, 살짝 웃었다.

"어, 뭐…… 그냥 건설 현장 관리 같은 거지. 현장에서 사람들 챙기고, 공사가 잘 진행되게 신경 쓰는 일."

"아, 그래? 구체적으로는 뭐 하는데?"

일구는 미소를 지으며 대충 넘기려는 듯 말했다.

"아, 뭐…… 사람 관리도 하고, 현장 안전 관리도 하고. 아무래도 건설 쪽은 다양한 일이 많잖아. 거기다가 돈도 꽤 잘 벌리고, 안정적이야. 공사 끝나면 보너스도 챙기고 말이야."

"벌이는 좋아? 최저임금보다 많이 줘?"

일구는 고개를 끄덕였다.

"그렇지. 요즘 건설 쪽은 기술도 발전하고, 일이 잘 돌아가니까. 하청 업체도 많아서 우리가 할 일도 많고. 안정적으로 벌 수 있어. 당장 오라는 게 아니야. 언제든지 생각해 보고 와. 돈 벌면서 글도 쓸 수 있을 거야."

하고 일구는 웃으며 말했다. 재석은 살짝 의아했지만, 그 말을 듣고 더는 묻지 않았다. 재석은 잠시 망설이다가 일구에게 털어놓았다.

"사실…… 우리 엄마가 요즘 건강이 별로 좋지 않아. 계속 병원 다니고 계시거든. 그런데 내가 이대로 재수한다고 해도, 솔직히 합격할지도 확신이 안 서. 오늘 백일장도 떨어졌고……."

재석은 한숨을 쉬며 말했다. 일구는 잠시 재석을 바라보다가, 고개를 끄덕였다.

"그러니까, 내가 하자는 대로 하자. 너 지금 나랑 같이 일하면 초봉 월급 300만 원은 보장해줄 수 있어. 거기다가 공사 끝날 때마다 보너스도 꽤 나와."

재석은 깜짝 놀라며 물었.

"초봉이 300이라고?"

"그렇지. 20대 초반에 300이면 엄마 병원비도 걱정 없을 거고, 너도 앞으로 더 고민할 필요 없을 거야. 여기서 안정적으로 돈 벌고 나중에 생각해. 그리고 너희 역촌동 아파트 알아보니까 앞으로 거기에 반도체 산업기지도 생기고, 나중에 크게 GTX역도 생긴다고 해서 성장가치가 높더라. 그래서 이권이 크니까 건설회사랑 조합이 싸우는 거였어. 잘 가지고 있으면 돈 되겠더라."

"글쎄, 우리 엄마는 나 대학만 가면 그거 팔아서 나 등록금 준비해 주고 시골 가신대."

"그래? 그렇게 지금 싸게 처리하긴 아까운데."

일구는 정말 아까운 표정이었다. 재석은 잠시 망설였다. 일구가 재석에게 더 얘기하려는 순간, 그의 휴대폰이 진동했다. 일구는 잠깐 확인하더니, 표정이 굳어졌다.

"아, 잠깐만. 부장님 전화야. 좀 급한가 본데…… 미안, 나 먼저 가 봐야 할 것 같아."

재석은 고개를 끄덕이며 말했다.

"그래, 가 봐. 다음에 다시 보자."

일구가 급하게 자리에서 일어나면서 말했다.

"아, 근데 혹시 현규 연락처 아냐? 나 좀 급하게 연락해야 할 것 같아서."

재석은 고개를 저었다.

"아니, 나도 잘 모르겠네. 근데 민성이가 알 거야. 내가 나중에 알아봐 줄게."

"그럼 고맙다. 진짜 미안, 다음에 밥은 내가 비싼 걸로 제대로 살게."

일구는 급히 지갑을 꺼내 밥값을 계산했다.

"너무 급해서 먼저 간다. 나중에 연락해."

그는 재빨리 식당을 나섰다. 재석은 일구가 떠난 뒤 잠시 생각에 잠겼다.

'현규…… 오랜만이네. 뭐 하고 있을까?'

바로 민성에게 전화를 걸었다. 몇 번의 신호음 끝에 민성이 전화를 받았다. 재석은 이런저런 얘기를 하다 현규의 연락처를 아느냐고 물었다.

민성은 잠시 생각하다가 답했다.

"어, 현규? 그 친구 Y대 경호학과에 다니잖아. 연락처는 내가 찾아보고 바로 알려 줄게."

재석은 고개를 끄덕이며 대답했다.

"오, 경호학과 다녀? 몰랐네. 연락처 알게 되면 바로 좀 알려 줘. 일구가 찾고 있거든."

"격투기 하던 일구? 알겠어, 좀 알아볼게."

전화를 끊고 재석은 한참 동안 자리에 앉아 휴대폰을 쳐다보며, 한때 친했던 친구들이 각자의 길을 걷고 있음을 실감

했다. 예전 학교 문학 시간에 배운 말 가운데 회자정리(會者定離)가 기억났다. 만난 사람은 반드시 헤어진다. 그 말이 맞았다.

일촉즉발

저녁 무렵의 괴테학원 앞 카페는 여전히 사람들로 붐비고 있었다. 창가 쪽 테이블에 앉은 세 명의 친구들은 오랜만에 모였다는 반가움에 가벼운 대화를 나누고 있었다.

"야, 이렇게 보니까 옛날 생각나네. 여기가 재석이 네 아지트냐?"

민성이 웃으며 물었다. 오랜만에 보는 현규가 고개를 끄덕이며 맞장구쳤다.

"이런 데서 글 쓰면 잘 써지냐?"

재석은 조용히 미소 지으며 그들을 바라봤다.

"자주 오지는 않고 학원 옆이라 가끔 와. 커피 먹고 싶을 때."

"그나저나 일구는 왜 안 오냐?"

민성이 카페 입구를 바라보며 묻는 순간, 마치 그 말을 기다렸다는 듯 일구가 카페로 들어서는 게 보였다. 정장에 노타이 차림이 근육질 몸을 감싸 빈틈없이 탄탄해 보였다.

"얘들아, 이게 얼마만이냐?"

일구는 과장된 동작으로 아이들과 악수를 나눴다. 재미있게도 네 사람이 각자 시킨 음료는 모두 아이스 아메리카노였다.

"얼어 죽어도 아이스 아메리카노지."

"맞아. 큭큭!"

네 명은 둘러앉아 남자들의 수다를 떨기 시작했다. 그간 어떻게 지냈는지 이야기 나누며 중간중간 질문도 이어졌다. 그러나 아무리 고등학교 친구여도 각자 떨어져 자기 길을 가고 있으니 공감대를 찾기란 쉽지가 않았다. 그리고 왜 일구가 모이자고 했는지도 아직 모르는 상태였다.

"뭐야? 무슨 중요한 일이라도 있어? 오늘 소집한 이유나 말해 봐."

일구가 말을 이었다.

"사실 재석이에게는 전에 말했는데 우리 회사에서 사람을 찾고 있어. 너희 둘, 재석이랑 현규, 같이 일해 보면 어떨까 싶어서……. 너희들 학생이니까 아직은 정규직 아니어도 되고 어차피 가끔 알바 하잖아. 그때 다른 데 가지 말고 우리 회사에서 하라고."

그런데 현규의 표정이 좋지 않았다. 눈치 빠른 민성이 분위기를 풀기 위해 장난스럽게 말했다.

"뭐야, 갑자기 취직 면접 보러 온 거야?"

그러나 현규는 웃지 않았다. 그는 경직된 목소리로 말했다.

"일구야. 이런 말 하기 미안한데 너희 회사 좀 이미지 안 좋던데."

"뭐가 안 좋은데?"

"조폭들이 운영한다는 말이 있어. 우리 과 다니는 친구들이 거기 좀 알던데?"

소란스러운 카페 분위기와 다르게 네 사람 사이의 공기가 순식간에 얼어붙었다. 재석과 민성은 놀란 눈빛으로 현규를 바라봤다. 일구는 잠시 당황한 듯했으나 이내 태연하게 대답했다.

"그런 소문은 옛날 얘기다. 지금은 그런 일 없어. 다 정리됐어."

"그런 게 그렇게 쉽게 정리될 리가 없어. 솔직히 말해, 너 우리한테 왜 이런 제안하는 건데?"

일구는 눈살을 찌푸리며 목소리를 낮췄다.

"그냥 좋은 기회 같아서 제안한 거야. 뭐 그렇게 심각하게 받아들이냐? 안 하면 그만이지."

"그런 얘기 난 듣고 싶지 않아. 나는 안 할 거니까."

일구의 표정이 굳어지며 싸늘해졌다.

"야, 너무 과민 반응하는 거 아니냐?"

재석이 나설 수밖에 없었다.

"현규 말이 맞아. 우리 같은 애들이 거기 들어가는 건 좋지 않아."

"너희 뭐야? 내가 뭘 잘못했냐? 마약이나 도박 권하는 거야? 그냥 나는 같이 잘해 보자고 한 건데, 왜 이렇게 질색을 하는데? 너희들 뭐 사람 패라는 것도 아니고, 그냥 자리가 나서 함께 하자는 거야."

일구의 목소리가 커지자 주변 사람들이 힐끗힐끗 쳐다보기 시작했다. 민성이 당황한 표정으로 말했다.

"야, 진정 좀 해. 여기서 다투지 말고."

현규가 거칠게 숨을 내쉬며 단호하게 말했다.

"일구야. 진짜 마지막으로 말한다. 우린 안 해. 그러니까 이

얘기 그만하자. 나보고 용역 깡패 하라는 거 아냐?"

그러나 이 말이 일구를 자극한 것 같았다. 그의 눈빛이 점점 더 날카로워지더니, 자리에서 벌떡 일어났다.

"야, 너희 지금 내가 우습게 보여서 이러는 거냐?"

갑작스러운 행동에 민성과 주변 사람들이 놀라서 몸을 움츠렸다. 재석이 함께 일어나 일구를 만류했다.

"이러지 마. 우리 친구잖아."

"친구? 친구라서 너희한테 이렇게 기회를 주는 건데, 내가 뭐 조폭이라도 된다는 거야? 안 하면 안 하는 거지 왜 우리 회사를 가지고 뜬소문으로 비방해? 이 자식, 너 좀 나와 봐!"

일구는 자신의 하는 일이 일언지하에 거절당하자 흥분했다. 그러자 현규도 더 이상 참지 않고 주먹을 쥐고 일구를 밀어냈다.

"그래? 나가자!"

재석이 빠르게 그의 팔을 붙잡았다.

"그만해!"

주변 사람들의 시선이 집중되었다. 그때 카페 직원이 다가와 조심스럽게 말했다.

"저기, 손님들…… 여기서 싸우시면 안 됩니다."

그러나 네 사람 사이의 긴장은 쉽게 풀리지 않았다. 민성이 불안한 목소리로 말했다.

"야, 진짜 여기서 이러지 마. 다들 쳐다보잖아."

일구는 거칠게 숨을 몰아쉬며 손을 풀고 자리에 주저앉았다. 그의 눈빛은 여전히 흥분으로 가득했다. 재석이 숨을 고르며 조용히 말했다.

"일구야, 듣고 보니 그 회사 네가 왜 다니는지는 우리가 알 바 아닌데 난 대학도 못 들어간 삼수생이야. 그리고 민성이는 이미 일하고 있어. 현규도 경호학과 다니면서 꿈이 있잖아. 알바 제안해 준 건 고마운데 우리가 하긴 어려워. 진짜 친구니까 솔직히 거절하는 거야. 그건 존중해야지."

현규도 흥분을 가라앉혔다.

"일구야, 친구로서 말하는데 지금이라도 나와. 거기서 너 용역 깡패 같은 거 하지 마."

"저게 정말."

일구는 부르르 떨며 다시 분노게이지를 올렸지만 재석의 만류로 참았다. 더 이상 대화는 곤란해 보였다. 일구의 손은 떨리고 있었고, 눈빛이 흔들렸다. 재석은 자리를 파하는 게 낫겠다는 생각을 했다.

"나 이제 학원 가야 해. 우리 김태호 선생님이 학원 강사로 나 가르치셔."

"그게 정말이야?"

처음 듣는 사실에 현규가 눈을 동그랗게 떴다.

"응, 작가 되시고 학교 관두셨어. 괴테학원에서 취미로 특기생 지도하셔."

그 말을 듣는 둥 마는 둥 하며 일구가 자리에서 일어났다.

"야, 나 간다."

일구가 바람처럼 카페 문을 향해 갈 때 민성이 등 뒤에 대고 한마디 했다.

"일구야, 기다릴게. 너 혼자 끙끙대지 말고 언제든지 연락해."

재석도 빠질 수 없었다.

"네가 잘됐으면 좋겠어서 그러는 거야."

그날 밤, 재석은 집으로 돌아가면서 하늘을 바라보며 탄식했다.

"일구가 어쩌다 그런 회사로 빠졌지?"

하지만 일구가 도움을 요청한다면 지켜 주기 위해 끝까지 함께해야겠다고 다시 한번 다짐하는 재석이었다.

이별 통보

S대 정문 앞은 크고 넓었다. 버스가 학교 구내로 드나들고, 대학 정문은 S대 마크 모양이었다. 그 아래로 드나드는 학생들로 북적였다. 6월의 따가운 햇살 아래, 재석은 잠시 하늘을 바라보다가 가방끈을 고쳐 메고 깊은 한숨을 내쉬었다.

'왜 굳이 여기서 만나자고 한 거야.'

재석은 속으로 투덜대며 보담을 기다렸다. 삼수생인 자신이 S대 정문 앞에 서 있다는 것만으로도 어딘가 위축되는 기분이 들었다. 조금 더 기다리자 멀리서 긴 파마머리를 한 보담이 손을 흔들며 다가왔다. 늘 그렇듯 밝고 자신감 넘치는 모습이었다.

"재석아! 오랜만이다!"

ASU(애리조나주립대)라고 쓰인 분홍색 후드티를 입은 보담이 활짝 웃으며 재석에게 다가왔다. 교환학생으로 다녀온 학교였다. 재석은 어색하게 웃으며 손을 살짝 들었다.

"어, 보담아. 잘 지냈어?"

보담은 가까이 다가와 재석을 위아래로 훑어보며 말했다.

"야, 너 여전하네. 얼굴은 좀 수척해졌고……."

재석은 쑥스러운 듯 고개를 돌렸다. 보담은 개의치 않고 재석의 팔을 툭툭 치며 활발하게 말했다.

"미국 갔다 온 선물이야."

한 학기 단기 어학연수를 마친 보담이 가방에서 애리조나 다이아몬드백스 야구 모자를 꺼내 재석에게 건넸다.

"이거! 너 좋아하던 팀 거잖아."

재석은 어색하게 웃으며 모자를 받아들었다.

"고마워. 근데 뭐 이런 걸 다……."

재석은 잠시 모자를 바라보았다. 애리조나주 야구팀의 상징은 다른 멋진 동물이 아니라 방울뱀이었다. 등 뒤에 다이아몬드 무늬가 있는 방울뱀. K 선수가 투수로 가서 월드시리즈에서 두 번이나 우승한 팀이었다. 선물이 고맙긴 했지만, 삼수생인 자신이 S대 법대를 다니는 보담과 이렇게 마주 보고 있는 것이 어딘가 불편했다. 보담은 그런 재석의 마음을 아는지 모르는지 신나게 이야기를 이어갔다.

"너랑 좀 걷고 싶어서 정문 앞으로 오라고 했어. 바로 요 앞에 국제교육관에서 미팅이 있었거든."

둘은 S대입구역 방향으로 언덕길을 걷기 시작했다.

"미국에서 진짜 재밌었어. 너도 같이 갔으면 좋았을 텐데."

"나는 갈 형편이 안 됐으니까."

보담이 재석의 기운 빠진 목소리를 듣고는 살짝 미간을 찌푸렸다.

"야, 왜 그렇게 힘이 없어? 무슨 일 있어?"

"아니, 그냥…… 별거 없어."

"하긴 공부 힘들지."

재석은 말없이 고개를 끄덕였다. 보담의 말이 위로가 되긴 했지만, 마음 한구석에서는 여전히 열등감이 자리 잡고 있었다. 그때 보담이 일부러 환하게 웃으며 말했다.

"오늘 점심 같이 먹자. 내가 맛집 알아냈어."

재석은 잠시 망설였지만, 보담의 밝은 미소를 보고 고개를 끄덕였다.

"그래, 뭐. 오랜만인데 같이 먹자."

두 사람은 그렇게 걸음을 옮겼다. S대 앞길을 함께 걷는 동안, 재석은 잠시 자신의 위축된 마음을 잊고 친구와의 재회를 즐기기로 했다. 순간은 소중하다는 걸 보담이와 헤어져 있으면서 느꼈기 때문이다. 재석은 힘을 주어 보담과 보조를 맞추었다.

S대입구역 번화가는 언제나 활기찼다. 사람들로 붐비는 거리에서 보담과 재석은 작은 골목으로 들어섰다.

"여기 막국수 진짜 맛있어. 나 학교 친구들이랑 자주 오는 데야."

"맛있어 보이긴 한다. 나도 막국수 좋아하는데."

곧 막국수가 나왔고, 두 사람은 한입 먹는 동시에 감탄했다.

"와, 진짜 맛있다. 면이 부드럽네."

"그치? 국물도 깔끔하잖아. 여긴 그래서 항상 사람이 많아."

보담이 자랑스럽게 덧붙였다. 둘은 열심히 먹었다. 재석은 자신도 대학에 갔더라면 이렇게 보담과 맛집이나 다니며 즐거운 시간을 보낼 수 있지 않았을까 하는 생각이 가득했다.

한 젓가락 가득 입에 넣고 난 보담이 조심스레 입을 열었다.

"근데, 재석아. 너 글은 많이 늘었어? 많이 힘들지?"

재석은 잠시 젓가락을 내려놓고 한숨을 내쉬었다.

"솔직히…… 힘들어. 생각보다 훨씬 더. 글이 쉽게 느는 게 아니니까. 게다가 엄마도 편찮으시고. 내 자신이 자꾸 초라하게 느껴져. 친구들은 다 대학 다니고 있는데 나 혼자 멈춰 있는 것도 같고……."

재석의 목소리에는 무거운 진심이 담겨 있었다. 보담은 잠시 말없이 그의 얘기를 들었다.

"가끔은 그냥 다 포기하고 싶을 때도 있어. 내가 정말 이걸 할 수 있을까 싶고……."

재석은 고개를 숙이며 솔직하게 털어놓았다. 보담은 가만히 있다가 차분한 목소리로 말했다.

"재석아, 그런 생각 안 해본 사람이 어디 있어. 나도 대학생이지만 힘든 일 많아."

재석이 고개를 들어 보담을 바라보자 보담이 미소를 지으며 덧붙였다.

"넌 잘하고 있어. 포기만 안 하면 언젠가 좋은 결과가 있을 거야."

"고마워."

"포기는 배추 셀 때 쓰는 단위야. 호호!"

재석은 작은 미소를 지으며 다시 젓가락을 들었다. 분위기가 조금 가벼워졌다. 두 사람은 다시 막국수를 먹으며 이런저런 이야기를 나누기 시작했다. 막국수의 부드러운 면발과 보담의 밝은 목소리가, 재석에게 잠시나마 위안을 주는 듯했다.

식사를 마치고 나온 두 사람은 신림역 쪽으로 천천히 걸어갔다. 거리에는 저녁 모임을 즐기는 사람들로 활기가 넘쳤다. 보담이 앞서 걸으며 말했다.
"막국수 맛있었지? 다음엔 더 맛있는 집도 소개해 줄게. 또 놀러 와."
재석은 고개를 끄덕였지만 마음 한구석이 무거웠다. 주변의 밝은 분위기와 달리 그의 표정은 어딘가 어두웠다. 조심스럽게 입을 연 재석이 물었다.
"보담아, 내가 어디든 대학 가면…… 그때도 우리 계속 친하게 지낼 수 있을까?"
보담은 재석의 질문을 대수롭지 않게 받아들이며 웃었다.
"당연하지. 우리 여전히 친구잖아. 뭐가 달라지겠어?"
그 말에 재석은 순간 씁쓸한 미소를 지었다.
'그냥 친구일 뿐이라는 뜻이다.'
보담은 아무것도 모르는 듯 재잘거리며 걸음을 재촉했다. 그러나 재석은 그녀를 따라가면서도 속으로 복잡한 감정을 억누르고 있었다.

그때 저만치서 한 남자가 손을 흔들며 다가왔다. 깔끔한 옷차림에 잘생긴 얼굴, 부잣집 아들 같은 기품이 느껴졌다.

"어, 오빠!"

보담이 반갑게 손을 흔들며 남자를 맞이했다.

"누구야?"

남자는 호기심 가득한 눈빛으로 재석을 바라보았다.

"내 친구야. 고등학교 때부터 알던 친구."

보담이 웃으며 재석을 소개했다.

"안녕하세요."

재석은 어색하게 인사했다. 남자는 가볍게 고개를 끄덕이며 인사를 받아줬다. 보담이 저만치 가서 가방의 자료를 꺼내 남자에게 이것저것 설명하는 동안, 재석은 한 걸음 물러서서 그들을 바라보았다. 그 모습이 왠지 모르게 멀게 느껴졌다.

'나랑은 너무 다른 세계에 사는 사람이네.'

커피라도 한 잔 마시며 보담이와 더 이야기를 더 나누고 싶었지만, 초라해진 기분에 재석은 더 이상 이 자리에 있을 수 없었다.

"보담아, 나 먼저 갈게. 할 일이 좀 있어서."

"어? 벌써 가?"

보담이 아쉬운 표정으로 물었지만, 재석은 황급히 고개를 숙이며 인사했다.

"응, 다음에 보자."

재석은 서둘러 뒤돌아 지하철역으로 향했다. 뒤에서 보담이 무언가 더 말하려는 것 같았지만, 그는 들은 척도 하지 않았다.

"재석아!"

보담이 숨 가쁘게 달려와 책 한 권을 재석의 손에 건넸다.

"이거 너 읽어봐. 나 다 읽었어."

보담이 준 책까지 거절할 순 없었다. 못 이기는 척 받아들고 지하철역으로 내려가 집으로 가는 동안 재석의 머릿속은 온통 복잡했다.

'나는 왜 이렇게 초라할까? 그냥 친구라는 그 말이 왜 이렇게 아프지.'

재석은 한숨을 쉬며 고개를 떨구었다.

'이런 내 처지에서 더 바라는 건 욕심일 뿐이야.'

그날 밤, 집에 돌아온 재석은 보담을 그리워하는 마음에 잠을 이루지 못했다.

잠시 망설였지만 결국 그는 핸드폰을 꺼내 문자를 쓰기 시작했다.

> 보담아, 오늘 고마웠다.
> 근데 이제 우리 그만 만나자.
> 너랑 나는 사는 세계가 너무 다른 것 같아.

재석은 이어서 고백 아닌 고백을 덧붙였다.

> 사실 난 너를 친구 이상으로 좋아했어.
> 근데 이제 더 이상 그럴 자격도 없는 것 같아.

손가락이 떨렸지만 계속해서 문자를 썼다. 문장을 확인한 후 잠시 망설였지만 재석은 결국 전송 버튼을 눌러 버리고 말았다.

문자를 보낸 후에도 한동안 핸드폰을 들고 있던 재석은 깊은 한숨을 내쉬었다.

'이걸로 끝이야. 더 이상 기대할 것도, 바라볼 것도 없어.'

그러나 마음 한편에서는 정리하지 못한 미련이 그를 짓누르고 있었다. 침대에 누워 눈을 감았지만, 잠은 오지 않았다. 보담에게 더 이상 연락하지 않겠다는 다짐을 하면서도, 자신이 한 선택이 옳았는지 계속해서 스스로에게 되물었다.

　머리맡에서는 보담이 준 《일광유년》이라는 하드커버 책이 재석의 손길을 기다렸다.

해는 지고 갈 길은 멀고

재석은 오늘도 어머니와 병원에 갔다. 무릎이 아프다는 어머니의 말에 그간 항상 마음 한구석이 무거웠다. 강남의 정형외과 종합병원. 병원도 이제 몇 번째인지 모른다. 대기실에 앉아 기다리는 동안 어머니는 아무렇지 않다는 듯 바깥을 내다보고 있었다.

"엄마, 오늘은 좀 나아?"

"괜찮아. 그냥 조금 불편한 것뿐이야. 너무 걱정하지 마."

그러나 어머니의 말이 무색하게 얼굴에는 피곤함이 가득했다. 그것은 긴 병을 앓고 있는 환자의 전형적 표정이었다. 모든 걸 체념한 듯한. 긴 대기 끝에 간호사가 이름을 불렀다. 재석은 어머니를 부축해 진료실로 들어갔다.

"무릎 상태가 많이 안 좋으시네요. 연골이 거의 다 닳았습니다."

의사가 진지한 표정으로 말했다.

"그럼 어떻게 해야 하나요?"

"현재 상태로는 인공관절 수술을 하시는 게 가장 좋은 방법입니다."

재석은 말없이 어머니를 바라보았다. 그런데 어머니는 고개를 저으며 말했다.

"수술은 나중에 할게요. 아들 대학 들어가고 나서 내년에나 생각해 볼게요."

"어머니, 상태가 더 나빠질 수도 있습니다. 너무 미루시면 안 돼요. 고통만 가중됩니다. 요즘 인공관절 잘 나옵니다. 수술 예후도 좋아요."

의사가 걱정스레 조언했지만, 어머니의 표정은 굳어 있었다. 결국 주사를 맞고 약을 처방받는 것으로 진료를 마쳤다. 의사는 그건 그저 통증만 줄여주는 것뿐이라고 수술을 서두르라는 말을 마지막으로 한 번 더 했다. 병원에서 나오는 길, 재석은 참았던 말을 꺼냈다.

"엄마, 왜 자꾸 수술을 미뤄? 엄마가 저금해 둔 돈 있잖아. 그거 쓰자. 수술비 천만 원이면 된다잖아요. 안 되면 아파트라도 팔고."

"그 돈은 네 대학 등록금이야."

목소리는 담담했지만, 그 안에 담긴 무게를 재석은 느낄 수 있었다.

"등록금은 나중에 내가 알아서 할게. 지금 수술이 더 급하잖아."

"재석아, 네가 공부해서 좋은 대학 가는 게 마지막 내 소원이야. 그 돈은 네 미래를 위해 준비한 거야. 그 돈 쓰면 미래를 갉아먹는 거야. 언젠가 우리 역촌동 아파트 재건축 할 거고 그거 있으면 우리 모자 둘 사는데 지장 없어."

그 말을 들은 순간 재석은 더 이상 아무 말도 할 수 없었다. 택시 창밖으로 거리 풍경이 흘렀지만, 재석은 머릿속이 복잡했다. 어머니는 언제나 자신보다 더 재석을 걱정했다. 화가 났지만, 동시에 가슴이 먹먹했다. 어머니의 희생에 무감각했던 자신이 부끄러웠다.

"엄마, 나한테는 지금 엄마가 더 중요해. 대학은 나중에 가도 되지만 엄마 무릎은 더 늦추면 안 돼!"

"괜찮아. 엄마는 지금도 버틸 수 있어. 뭐 하루 이틀 아픈 거니?"

그 미소가 재석의 마음을 아프게 찔렀다. 대학이 뭐가 그렇게 중요하기에 어머니는 재석만 우선시하나 싶었다. 오히려 자신을 좀 편안하게 해 주면 좋겠다고 생각하지만 그것 역시 어머니 마음대로 되는 일은 아닐 거라는 데까지 생각이 미쳤다. 하나 확실한 건, 어머니 역시 자신보다 훨씬 더 큰 짐을 짊어지고 있다는 사실이었다. 집에 도착한 후, 어머니가 먼저 택시에서 내렸다. 재석은 천천히 따라 내리며 속으로 다짐했다.

'내가 어서 빨리 엄마가 편히 살 수 있도록 해 줄 거야.'

그날 밤, 재석은 책상 앞에 앉아 또다시 상념에 빠졌다. 명상도 아니고, 무의식도 아니지만 모처럼 바쁜 수험 생활에서 자신과의 대화를 나누는 거다. 대학에 가는 건 단순히 자신만을 위한 일이 아니라는 걸 알게 되었다. 어머니의 꿈이기도 하고 삶의 의미였다. 자식이 무엇을 하든 스스로의 행복을 찾아가길 바라는 것이 부모의 마음이었다. 생각이 정리되자 머리가 개운해졌다. 어머니를 위해 살아가야겠다는 생각이 분명해졌다. 그 다짐은 재석에게 큰 힘이 되었다. 어머니에 대한 자신의 사랑을 증명할 수 있는 유일한 길이 바로 자신이 끝까지 노력하는 것이란 걸 다시금 깨달았다.

재석은 다시 괴테학원에서 만들어둔 창작실로 나갈 준비를 했다. 어머니가 약을 챙겨 먹고 누운 것을 확인했다.

"엄마, 좀 쉬어. 나 학원 다녀올게."

"그래, 조심해서 다녀와."

어머니는 미소를 지었지만, 그 미소엔 고단함이 묻어 있었다. 재석은 가볍게 문을 닫고 밖으로 나왔다. 그런데 문을 닫자마자 핸드폰 알림이 울렸다.

> 청소년 문예 공모전 최종 결과 발표.

두 달 전에 응모한 공모전이었다. 결과를 문자로 알려 준다더니 이제 발표하는 모양이었다. 재석은 두근거리는 마음으로 링크를 눌렀다. 손가락이 미세하게 떨렸다.

> 황재석 님.
> 아쉽게도 이번 공모전에서 최종 수상자로 선정되지 않았음을 안내드립니다.

재석은 한동안 그 자리에서 멍하니 서 있었다.

'또 떨어졌네…….'

이번 공모전 상금은 100만 원이었다. 만약 상을 받았다면 그 돈으로 어머니 수술에 조금이라도 보탬이 되고, 어머니에게 희망도 줄 수 있었을 거였다. 천만 원어치 이상의 격려가 될 뻔한 공모전이었다.

"괜히 기대했네. 휘유!"

재석은 깊은 한숨을 내쉬며 발걸음을 옮겼다.

학원에 도착해서도 좀처럼 마음이 가라앉지 않았다. 이번엔 약간 자신 있었기 때문이다. 재석은 앉아서 가방을 열고 교재를 꺼내려 했지만 손이 잘 움직이지 않았다. 너무 잦은 공모전 실패로 인해 무기력증이 전신을 사로잡는 느낌이었다.

'아무리 노력해도 안 되는 건가?'

공모전에 수십 번 도전했지만 결과는 언제나 똑같았다. 늘 최종심에서 탈락. 그때였다. 창작실 문이 열리고 누군가가 조용히 재석에게 다가왔다.

"재석아, 너 무슨 일 있니?"

김태호 선생님이었다. 아마 수업을 하려고 지나가다 재석이 와 있는 걸 본 모양이었다.

"아, 그냥…… 별일 아니에요."

재석은 애써 태연한 척했지만, 김태호 선생님은 눈치 챘다.

"공모전 결과 나왔구나?"

재석은 고개를 끄덕였다.

"네, 이번에도 떨어졌어요. 나름대로 열심히 썼는데 결국 또 안 되네요. 대학 가려면 세 개 정도는 입상 경력이 있어야 하는데요."

재석의 목소리에는 실망과 자책이 묻어 있었다. 김태호 선생님이 옆자리에 앉으며 말했다.

"나도 한때 너처럼 공모전에 계속 도전했던 적이 있었어."

재석은 의아한 얼굴로 선생님을 바라봤다.

"선생님도요?"

"그럼. 신춘문예에 몇 번이나 도전했는데 떨어지고 또 떨어지고…… 그렇게 10년이나 걸렸어."

"10년이나요?"

"그래. 신춘문예는 고시보다도 어려워. 행정고시는 기껏해야 3-400명 뽑는데 신춘문예는 딱 1등만 뽑아. 수천 명이 와도 딱 한 명이야. 매년 결과를 확인할 때마다 낙담했고, 포기할까 고민도 했어. 그런데 이상하게도 포기가 안 되더라."

"어떻게 그렇게 오래 버틸 수 있었어요?"

김태호 선생님은 잠시 생각하더니 말했다.

"내가 글을 쓰는 이유를 잊지 않았기 때문이야. 처음엔 인정받고 싶어서 시작했지만, 나중엔 내가 하고 싶은 말이 아무리 작아도 소중한 것이라는 생각으로 글을 써야겠다는 오기가 들더라고."

재석은 선생님의 말을 조용히 곱씹었다.

"재석아, 중요한 건 네가 왜 글을 쓰고 싶어 하는지를 잊지 않는 거야. 지금 당장 결과가 좋지 않더라도 계속 쓰다 보면 언젠가는 네 목소리를 들어줄 사람이 나타날 거야."

재석은 그 말을 들으며 조금씩 마음이 가라앉는 것을 느꼈다.

'내가 왜 글을 쓰고 싶어 했지?'

처음 글을 쓰기 시작한 이유가 떠올랐다. 책을 읽다 보니 글을 쓰고 싶어졌다. 그리고 세상에 자신만의 이야기를 남기고 싶었다. 그래서 시작한 게 기억났다.

"선생님, 저 이번에도 포기하지 않고 계속 해 볼게요."

"그래, 잘 생각했어. 포기하지 않으면 기회는 반드시 온단다."

재석은 힘없이 늘어졌던 어깨를 다시 펴고 자리에서 일어났다. 중요한 건 결과가 아니라 과정이라는 것을 조금씩 이해해 가고 있었다. 그리고 언젠가는 꼭 어머니에게 자랑스러운 아들이 될 수 있을지도 모른다는 믿음이 생겼다.

충격적인 소식

과부 하나가 물었다.

"촌장님, 장애가 있는 아이들에게는 식량을 주지 않는다는 말씀인가요?"

쓰마샤오샤오가 말했다.

"네, 그래요."

과부가 말했다.

"그 애들은 사람이 아닌가요?"

쓰마샤오샤오가 말했다.

"그 애들은 사람이 아닌 셈 칩시다."

과부가 말했다.

"그럼 그 애들을 산 채로 굶어죽게 할 작정이신가요?"

쓰마샤오샤오가 마을 사람들을 향해 외쳤다.

"나는 그 아이들에게 식량을 주지 않을 겁니다. 어느 집이든 기근을 버려낼 수 있다면 장애가 있는 아이들에게도 양식을 먹여도 돼요."

재석은 보담이 건네줘서 읽고 있는 소설의 너무나도 끔찍한 내용을 읽으며 몸서리쳤다. 기근이 든 마을에서 촌장이 나서서 입을 줄이기 위해 어느 집이나 한 둘씩 있는 장애아들을 산 채로 내다 버리자는 내용이었기 때문이다. 최후의 수단으로 다음 해의 농사를 위해 죽어도 지키던 종자를 나눠 주기로 결심한 대목이었다. 장애인인 부라퀴를 생각하니 도저히 더 읽을 수가 없어 책장을 덮어야만 했다.

"아, 너무 끔찍해."

재석이 읽다 괴로워하자 괴테학원 옆자리의 민찬이가 문제집을 풀다 물었다.

"형. 무슨 책인데요?"

"중국 작가 옌롄커의《일광유년》이야. 전체를 위해 개인이 희생되어야 하고 환경오염으로 고통 받는 사람들의 생생한 모습을 고발하는 내용이라서 보담이가 읽어보라고 했는데 도무지 못 읽겠어. 너무 가슴이 아프고 울컥해. 먼저 보호해야 할 장애인을 먼저 죽게 하는 건 도대체 뭘까. 휴!"

민찬이가 책을 가져가 훑어보다가 검색을 하더니 깜짝 놀라며 외쳤다.

"형, 이 작가 중국에서 노벨문학상 유력 후보래."

"응. 맞아. 중국에선 이 작가 책, 금서가 많이 되었어. 읽어 보니 이유를 알 것 같아."

"우리나라 한강 작가 대신 이 작가가 받아야 했다는 주장도 있네. 와!"

재석은 부라퀴를 생각했다. 장애가 있지만 재석에게 선한 영향력을 끼쳤던, 가장 존경하는 멘토. 그의 손녀딸인 보담이와 얽힌 추억들이 바람 부는 날 대웅전 추녀에 매달아둔 풍경처럼 요란한 소리를 내며 가슴 속으로 쏟아져 들어왔다.

"전체를 위해 개인의 희생을 강요하는 사회는 결코 용납할 수 없어."

재석은 자신이 학창시절 몸담았던 불량서클이 이런 논리를 근간으로 구성원을 억압했던 것이 떠올랐다. 처벌로 복지관에 가서 봉사활동 하다가 부라퀴를 만나 자신의 운명이 바뀐 것에 다시 한번 감사하게 되었다.

"형, 다 읽으면 나 빌려 줘."

"왜?"

"문창과 실기시험에 이런 거 나올지도 몰라. 이슈가 된 작품들은 교수님들도 읽어볼 거 아냐?"

영악한 녀석이었다.

"그래. 고3짜리가 약구나. 나 거의 다 읽어가니까 너 먼저 읽고 가져와."

"헤헤, 고마워. 눈치가 빠르면 절에 가서도 새우젓을 얻어먹는다고 했어."

재석은 그렇게 복잡한 마음을 가다듬으려 가방에 재석이 건넨 책을 집어넣는 민찬을 바라봤다. 언젠가는 자신도 이 상태를 벗어나 어깨를 펼 날이 올 거라 애써 믿으며 다시 책상 앞에 앉았다. 수업이 시작되기 때문이었다.

그날 밤 늦게 수업이 끝나고, 재석은 집으로 가려고 가방을 싸서 자리에서 일어났다. 무인 카페는 잘 굴러가고 있었다. 그때 핸드폰이 울렸다. 화면에 뜬 이름은 민성이었다.

"민성아, 무슨 일이야?"

재석이 전화를 받자마자 다급한 목소리가 들렸다.

"재석아, 큰일이야! 부라퀴가 강남 삼성병원에 실려 갔어.

호흡곤란으로 중환자실에 계셔."

순간 재석의 심장이 철렁 내려앉았다.

"뭐? 갑자기 왜…… 할아버지 상태가 안 좋으셨던 거야?"

"보담이 말로는 할아버지가 몇 달 전부터 조금씩 숨이 찬다고 했대. 오늘 갑자기 심하게 숨을 못 쉬셔서 병원에 급히 모셨다고 해."

"알았어, 나 지금 바로 갈게."

재석은 다급하게 대답하고 전화를 끊었다. 잠시 후 지하철에 몸을 실은 재석은 할아버지와의 추억을 떠올렸다. 이루 헤아릴 수 없는 많은 추억들. 그리고 결정적으로 재석의 사정이 어려운 걸 알고 집까지 사주었던 평생의 은인 부라퀴였다.

'할아버지가 왜 갑자기…….'

입술을 꽉 깨물었다. 지하철역에서 병원까지 재석은 달렸다. 심장이 터지도록 달렸다. 응급실 앞에 먼저 온 민성이 기다리고 있었다.

"재석아, 빨리 가자."

둘은 말없이 함께 병원 안으로 들어갔다. 엘리베이터를 타고 중환자실이 있는 층으로 올라가는 동안, 두 사람 사이에는 무거운 침묵만 흘렀다. 중환자실 앞에는 보담과 몇몇 친척들이 서 있었다. 얼마나 울었는지 보담의 눈이 붉게 부어 있었다. 재석을 보자 보담은 조용히 걸어와 그의 품에 안겨 흐느끼기 시작했다.

"재석아, 할아버지가……. 으흐흐흑!"

우는 보담을 보자 재석은 견딜 수 없이 슬펐다.

"괜찮을 거야, 보담아. 할아버지, 분명 이겨내실 거야."

하지만 재석의 목소리에는 불안이 섞여 있었다. 그 역시 자신이 한 말을 믿을 수 없었다. 곁에서 보담의 어머니가 조용히 입을 열었다.

"간호사가 나왔을 때 보니까 상태가 많이 위중하다고 하더라. 지금은 아무것도 장담할 수 없대."

그 말에 모두가 깊은 한숨을 내쉬었다. 절망적인 공기가 병원 복도를 가득 채웠다.

보담은 눈물을 훔치며 말했다.

"할아버지가 아프셨던 건 알고 있었는데, 이렇게 갑자기 쓰러지실 줄은 몰랐어."

그동안 바쁘다는 핑계로 연락도 뜸했던 재석도 자신이 미웠다. 중환자실 앞에서 기다리는 동안 모두의 마음은 무거웠다. 재석은 중환자실 문을 바라보며 간절히 기도했다.

'할아버지, 제발 버텨주세요. 우리가 여기서 기다리고 있어요.'

재석의 가슴속엔 걱정과 안타까움이 가득했다. 중환자실 면회는 지정된 사람만 가능했다. 재석은 딱히 할 일이 없다는 걸 알았다. 기다리는 모두의 얼굴에는 피로와 걱정이 점점 짙어갔다. 재석은 그 순간 깨달았다.

'나는 항상 힘들 때마다 할아버지에게 위로를 받았었지. 이제 내가 할아버지를 지켜드릴 차례야.'

그는 보담의 곁에 앉아 조용히 손을 잡았다.

"보담아. 내가 할아버지가 나으실 때까지 여기 있을 거야."

보담은 고개를 끄덕였지만, 여전히 눈물을 멈추지 않았다.

부라퀴의 죽음

 시간이 되었다. 중환자실 문이 열리자 멸균복을 입은, 중환자 보호자들이 서둘러 병실로 들어갔다. 재석도 떨리는 발걸음으로 안으로 들어갔다. 부라퀴의 가족들은 이미 한두 번씩 들어갔다 나온 뒤였고, 마침내 차례가 돌아온 재석이었다. 긴장된 마음에 목이 바싹 말랐다. 침대 위에 누워 있는 부라퀴를 보자 재석이는 숨이 턱 막히는 듯했다.
 부라퀴는 온몸에 여러 개의 관과 장비가 연결되어 있었다. 평소 자신감 넘치고 당당했던 할아버지의 모습은 찾아볼 수 없었다. 힘없이 누워 있는 모습이 낯설고도 안타까웠다. 재석이는 천천히 침대 옆으로 다가갔다.

"할아버지!"

재석은 낮은 목소리로 부라퀴를 불렀다. 대답은 없었지만, 부라퀴가 눈을 천천히 떴다. 흐릿한 눈동자가 재석이를 바라보았다. 뭐라 말을 할 수 없었다. 대신 눈빛으로 무언가를 전하려고 애쓰고 있었다. 그 눈빛은 너무도 강렬해서 재석이는 그 뜻을 단번에 알아챌 수 있었다.

'열심히 살아라.'

부라퀴는 그렇게 말하는 것 같았다. 재석이는 그 눈빛을 보며 눈물이 차오르는 것을 느꼈다.

"할아버지, 저 할 수 있어요. 할아버지 말씀대로 열심히 살 거예요."

재석은 떨리는 목소리로 대답했다. 하지만 부라퀴의 눈빛은 여전히 재석을 붙잡고 있었다. 더 강하게 무언가를 말하고 싶어 하는 것 같았다.

"제발…… 이러지 마세요. 우리랑 오래 더 같이 있어야죠. 저 혼자 어떻게 하라고요. 흑!"

재석이는 눈물을 참지 못하고 흐느꼈다. 부라퀴는 미세하게 고개를 끄덕였고, 눈빛은 여전히 재석이를 놓지 않았다. 그 순간 재석은 깨달았다. 부라퀴가 전하고자 하는 것은 단순한 당부가 아니라, 마지막 힘을 다해 전하는 유언 같은 것이었다.

"안 돼요, 할아버지! 그렇게 쉽게 포기하시면 안 돼요!"

재석은 갑자기 절규했다. 그의 목소리는 중환자실의 고요한 공기를 찢는 듯했다.

"할아버지, 사셔야 해요! 꼭 사셔야 해요! 저한테 열심히 살라고 말해 주셨잖아요? 그러니까 할아버지도 포기하시면 안 돼요."

재석은 절박한 목소리로 외쳤다.

눈물이 볼을 타고 흘러내렸다. 손은 떨리고 있었고, 가슴은 미칠 듯이 아팠다. 부라퀴가 자신에게 전하려는 그 마지막 눈빛이 너무도 슬프고도 간절하게 느껴졌다.

"할아버지, 우리 꼭 같이 집에 돌아가야 해요."

재석은 울먹이며 말을 이었다. 하지만 부라퀴는 여전히 말이 없었다. 눈빛만으로 모든 걸 전하려는 듯했다. 재석은 그런 부라퀴를 보며 더욱 절박해졌다.

"할아버지! 제발! 꼭 살아오셔야 해요. 할아버지 없으면 안 돼요. 저 아직 할아버지한테 배울 게 너무 많아요."

재석은 목이 메어 더 이상 말을 잇지 못했다. 침대 옆에서 흐느끼던 재석은 부라퀴의 손을 꼭 잡았다. 차가운 손끝이 재석의 마음을 더욱 아프게 했다.

"할아버지, 다시 우리랑 웃으면서 지내요. 그러니까 포기하지 말아요. 할아버지 꼭 이겨내야 해요."

재석은 부라퀴를 향해 간절한 마음을 담아 말했다. 부라퀴는 눈빛으로 마지막까지 재석을 응시했고, 그 눈빛 속에는 희미한 미소가 서려 있는 듯했다. 재석을 침대 옆에서 오랫동안 부라퀴의 손을 놓지 않았다. 모든 걸 다 주고도 더 줄 게 남은 듯한 그 눈빛을 보며 재석은 말했다.

"할아버지, 저 꼭 열심히 살게요. 그러니까 할아버지도 이겨내 주세요. 같이 오래오래 살아요."

중환자실의 고요한 공기 속에서 재석의 속삭이는 목소리만 간절하게 울려 퍼졌다.

그 뒤로도 이틀을 더 병원에서 밤을 지새운 재석은 피곤에 절어 있었다. 깊은 밤, 재석이 잠시 의자에 기대어 눈을 붙이려던 그때 병실 쪽에서 다급한 소리가 들렸다.

"코드블루! 코드블루!"

간호사들이 허겁지겁 달려가고, 뒤이어 의사들도 급히 중환자실로 들어갔다. 재석은 불길한 예감에 숨을 죽인 채 그 광경을 지켜보았다. 드라마에서 본 것처럼 누군가에게 심장

마비가 일어난 것 같았다. 20분이 지났다. 중환자실 문이 열리며 고개를 숙인 의사가 나왔다. 재석은 아무 말도 하지 못한 채 그 모습을 바라보았다. 한참 뒤에 가족들에게 부라퀴가 운명했다는 소식이 전해졌다.

"6월 11일 23시 31분 사망하셨습니다."

온 가족이 충격에 빠져 울부짖기 시작했다.

"아버지……!"

"할아버지! 으흐흐흑!"

통곡 소리가 병원 복도에 울려 퍼졌고, 재석의 마음은 무너져 내렸다. 부라퀴가 만들어준 재석의 세상이 무너져버린 것만 같았다.

하지만 눈물만 흘리고 있을 수 없었다. 재석은 냉정함을 잃지 않으려 애썼다. 누군가는 필요한 절차를 챙겨야 했다. 재석은 비통함에 빠진 가족들에게 눈물을 참으며 다가가 애써 소리 내어 말했다.

"제가 영안실 알아보고 올게요."

경황이 없는 가족들을 위해 재석은 잠시도 쉬지 않았다. 병원 지하의 영안실을 확인하고 빈소를 알아봤다. 혈연이나 느낄만한 슬픔이 가슴을 찢어 놓았지만, 그럴수록 재석이는 더 분주하게 움직였다. 재석의 눈에서는 계속 눈물이 흐르고 있었다. 하지만 보담이네 가족을 위해 힘을 내야 했다. 지금은 울고 있을 때가 아니라는 생각만 머릿속에 가득했다. 사망진 단서를 몇 장 받아 가족에게 전달하는 등의 모든 준비를 끝내고 나서야 재석은 한숨을 크게 내쉰 뒤 부라퀴에게 마지막 인사를 건넬 수 있었다.

"할아버지…… 이제 편히 쉬세요."

그렇게 속으로 인사하며 재석은 눈가를 훔쳤다.

3일장은 그야말로 정신없이 흘러갔다. 재석과 민성, 향금이는 마치 상주처럼 사흘 내내 빈소를 지켰다. 문상객들의 발길이 끊이지 않았고, 빈소에는 수많은 화환이 놓였다. 이름만 들어도 알 만한 유명한 기업인들과 사회 인사들이 차례로 찾아와 조문했다. 그 모습을 지켜보던 아이들은 처음으로 부라퀴의 삶이 얼마나 대단했는지 짐작할 수 있었다.

"할아버지가 정말 대단한 분이셨구나."

검은 양복을 입은 민성이 속삭이자 향금이도 고개를 끄덕였다.

"그러게. 이렇게 많은 사람들이 찾아올 줄 몰랐어."

재석은 잠시도 쉴 틈 없이 바쁘게 움직였다. 문상객들을 안내하고, 빈소 안팎을 돌보며 장례식이 원활하게 진행되도록 신경 썼다. 비통한 마음을 뒤로한 채 마지막까지 최선을 다하는 재석의 모습에 사람들은 위로와 격려의 말을 아끼지 않았다.

그렇게 3일장이 끝난 후, 부라퀴의 유해는 세종시 추모공원으로 옮겨졌다. 화장장에서 부라퀴의 마지막 모습이 하늘로 사라질 때까지, 아이들은 가슴 속 깊이 슬픔을 간직한 채 묵묵히 서 있었다.

"할아버지, 이제 편히 쉬세요."

재석은 눈물을 삼키며 마지막 인사를 속으로 건넸다.

화장이 끝난 후 유해는 대전 국립묘지로 옮겨졌다. 국가유공자였던 부라퀴는 엄숙한 절차를 거쳐 국립묘지에 안장되었다. 한줌 재가 되어 묻히는 부라퀴의 모습을 지켜보던 가족들은 참아왔던 눈물을 쏟아냈다.

"할아버지. 정말 수고 많으셨어요."

민성이 조용히 눈물을 닦으며 말했다. 향금이도 훌쩍이며 마지막 인사를 건넸다.

모든 절차가 끝난 뒤, 가족들은 버스를 타고 서울로 향했다. 차 안은 피곤함과 슬픔이 뒤섞인 묘한 분위기에 잠겨 있었다. 특히 재석은 정신적으로도 육체적으로도 지쳐 있었다. 그렇게 버스가 출발한 지 얼마 지나지 않아 재석은 곧 깊은 잠에 빠졌다.

꿈속에 부라퀴가 또 나타났다. 부라퀴는 평소와 같은 모습이었지만, 눈빛만큼은 매우 준엄했다.

"재석아!"

부라퀴의 목소리는 단호했다.

"네? 할아버지……?"

재석은 당황한 채 부라퀴를 바라보았다.

"이게 뭐냐? 이렇게 나약하게 굴면 되겠어?"

부라퀴는 호통을 쳤다.

"할아버지…… 저는 그냥 너무 피곤해서…….."

재석은 변명하려 했지만, 부라퀴는 말을 끊었다.

"피곤하다고? 네가 이 정도로 힘들어할 일이 아니다! 앞으로 더 큰 어려움이 닥칠 거야. 그럴 때마다 이렇게 나약하게 주저앉을 거냐?"

재석은 아무 말도 할 수 없었다. 할아버지의 말이 가슴 깊이 와 닿았다.

"너는 더 강해져야 해. 내가 없는 지금부터가 진짜야. 가족을 지켜야 할 사람은 이제 너라고!"

그 말에 재석은 정신이 번쩍 들었다. 꿈속에서지만 할아버지의 목소리는 너무도 생생했고, 가슴을 울렸다. 재석은 고개를 숙이며 대답했다.

"알겠습니다, 할아버지……. 제가 꼭 강해지겠습니다."

그제야 부라퀴는 미소를 지으며 고개를 끄덕였다.

"그래, 내가 믿는다. 너라면 할 수 있어."

부라퀴의 모습이 점점 흐릿해지며 사라져갔다. 재석은 꿈속에서 그를 향해 소리쳤다.

"할아버지, 감사합니다. 저, 꼭 열심히 살게요!"

잠에서 깨어난 재석은 눈물이 흐른 뺨을 닦으며 창밖을 바라보았다. 아직 어둠이 걷히지 않은 새벽, 동이 트기 시작하는 하늘이 희미하게 빛나고 있었다. 재석은 주먹을 꼭 쥐며 할아버지와의 약속을 다시 한번 되새겼다.

"그래. 나약하게 굴지 말자. 나부터 내 앞길 잘 가는 사람이 되자."

버스는 출발했던 병원을 향해 뜨거운 여름밤 공기를 헤치고 달렸고, 재석의 마음속에는 새로운 결심이 단단하게 자리 잡았다.

고통은 늘 내 곁에

 재석은 학원 수업을 마치고 근처 편의점으로 들어갔다. 습관처럼 캔 커피 하나를 집어 들고 계산대로 갔다. 이상고온의 무더운 여름을 지나 9월로 접어들자 밤공기가 선선해졌지만 하루 종일 학습지 문제를 풀었더니 머리가 묵직했다.
 편의점 문이 열리는 소리가 들리더니 딱 한 번 본 얼굴이 들어왔다. 병조의 친구 세연이었다.
 "안녕하세요, 재석 씨. 오랜만이네요."
 둘 사이에는 어색한 침묵이 흘렀다. 사실 그날 병조를 통해 잠깐 얼굴을 본 이후로는 처음이었다. 세연을 따라 편의점 밖으로 나갔다. 그들은 편의점 앞 파라솔 아래 간이의자에 나란히 앉았다. 무인 카페에 있는 고객용 전화로 재석에게 세연이 할 말 있다고 연락한 것은 지난 주였다.

"무슨 일이신데요?"

재석이 조심스레 물었다. 세연은 깊은 한숨을 쉬고 입을 열었다.

"병조랑 헤어졌어요."

예상치 못한 말에 재석은 순간적으로 그녀를 쳐다봤다.

"헤어지셨다고요?"

"네. 제가 먼저 헤어지자고 했어요."

재석은 여전히 무심한 표정을 지었지만 속으로는 혼란스러웠다. 두 사람은 제법 잘 어울리는 커플로 보였기 때문이다.

"처음엔 병조가 멋있어 보였거든요. 자신감도 넘치고, 뭐든 잘하는 사람이라서요. 물론 글은 말할 것도 없고요."

세연의 목소리는 담담했지만, 그 속엔 무거운 감정이 느껴졌다.

"그런데 시간이 지날수록 자꾸 저 자신과 비교하게 되더라고요. 제가 너무 부족한 사람처럼 느껴졌어요."

재석은 그 말을 들으며 고개를 끄덕였다. 병조는 분명 주변 사람들에게 그런 부담을 줄 만한 실력을 갖춘 아이였다.

"그래서 먼저 헤어지자고 하신 거군요."

재석은 김태호 선생님이 괴테학원에서 농담처럼 이야기한 게 떠올랐다.

-너희들은 나중에 결혼할 때 절대 글 쓰는 사람과 만나지 마라. 반드시 생활력 있는 사람과 만나라. 글을 쓰는 일은 춥고 배고픈 일이야. 뭐, 베스트셀러를 내거나 유명해지면 괜찮을 거라고? 천만에! 그건 만에 하나 있는 일이지. 직장은 능력이 조금 부족해도 30년씩 다니는 사람이 있지만, 30년 넘게 꾸준히 글을 써서 독자들의 사랑을 받는 사람은 거의 없어. 생활이 안정돼야 그렇게 글을 쓸 수 있는 거야. 그리고 또 하나 문제는, 같이 글 쓰는 사람을 만나면 어떻게 되는지 아니? 서로의 글을 경쟁심을 가지고 보게 되는 거야. 예술이나 글쓰기는 '내가 제일 잘났다'고 생각하는 분야야. 너무나 각박하고 힘들고 고통스럽기 때문에 그러한 자만심에 가까운 자존감이 있어야 쓸 수 있단 말이다. 그렇게 같이 글을 쓰면 서로 비교하게 되고, 둘 중 하나는 조금 더 인정받을 텐데, 그러면 관계가 망가지는 거야. 그러니 경제력 떨어지는 작가를 꿈꾸는 너희들은 생활력 있는 배우자를 만나는 게 좋고, 가급적이면 글쓰기와 거리가 먼 사람과 결혼해라. 으하하하!

세연의 말도 그거였다. 둘이 처음에 사귈 땐 글쓰기라는 공감대가 있다는 게 너무 좋아서였는데 병조가 갑자기 자기를 멀리한다는 거다.

"이유가 뭐죠?"

"제가 이번에 출판사의 청소년 문학상을 받았어요."

세연은 핸드폰으로 자신이 모 출판사의 청소년소설 공모전에서 대상을 받아 상금 천만 원을 수상한 기사를 보여주었다. 재석은 말문이 막혔다. 세연이 그 정도로 재능이 있는 줄은 미처 몰랐기 때문이다. 김태호 선생님의 말이 맞는 것 같았다.

"그래서 제가 무엇을 도와드리면 될까요?"

"병조가 저를 차단까지 했어요. 도대체 왜 그런 건지, 이유라도 알고 싶다고 전해 주세요."

재석은 생각에 잠겼다. 차단까지 할 정도라면 두 사람 사이에 무언가 심각한 오해나 다툼이 있었을 테니 말이다. 하지만 이 상황에서 자신이 끼어들어도 되는지 확신이 서지 않았다.

"제가 두 사람 사이에서 그런 역할을 할 수 있을까요?"

여자는 간절한 표정으로 말했다.

"병조가 그러던데요. 재석 씨와는 오랜 친구이고, 함께 글을 쓰던 사이라고요. 저를 차단하고 아예 안 보는 건 개 마음이겠지만, 적어도 왜 그러는지, 제가 꼭 하고 싶은 말이 있다고 전해 줄 수는 있잖아요."

재석은 잠시 고민하다가 고개를 끄덕였다.

"네, 그 정도라면 해드릴 수 있을 것 같네요."

"고마워요. 재석 씨, 그리고 병조가 문창과 실기시험이라면 자기가 도와줄 수도 있다고 했어요."

의외였다. 병조가 자신에 대해 이렇게까지 생각하고 있을 줄은 몰랐다. 살짝 자존심이 상하기도 했지만, 여자가 이토록 간절하게 도움을 요청하는데 매몰차게 외면하기도 쉽지 않은 일이었다.

그날 집에 돌아오자마자 재석은 뭔가 이상하다는 걸 느꼈다. 평소 같으면 거실에서 TV 소리가 들렸을 텐데, 오늘은 집안이 조용했다. 신발을 벗고 들어서니 어머니가 소파에 누워 신음하고 있었다.

"엄마, 왜 그래요?"

재석은 놀라 엄마에게 다가갔다. 엄마의 얼굴은 창백했고, 다리는 퉁퉁 부어 있었다.

"다리가 갑자기 너무 아파서…… 참을 수가 없네."

재석은 다급하게 핸드폰을 꺼내 119를 부르려 했다. 하지만 엄마가 제지했다.

"재석아, 택시 타고 응급실 가면 돼."

재빨리 앱으로 택시를 부른 뒤 재석은 어머니를 업고 현관으로 나갔다. 택시 안에서도 어머니는 고통스러운 표정을 지었다. 재석은 걱정스러운 눈빛으로 어머니를 바라보며 같은 말만 되풀이했다.

"조금만 참으세요. 곧 도착할 거예요."

응급실에 도착하자마자 어머니를 휠체어로 옮겨 안으로 들어갔다. 이것저것 증세를 물어본 젊은 의사는 진찰을 마친 뒤 여러 검사를 했다.

"다리에 염증이 심해지셨어요. 물이 찬 건 지금 뺄게요. 인공관절 수술을 하셔야 하는데 당장 어려우니 일단 하루 정도 입원하시면서 소염진통제를 맞으시는 게 좋겠습니다."

6인실에 입원한 어머니는 침대에 누워 잠시 안정을 취했다. 옆에서 어머니를 지켜보는 재석은 마음이 복잡했다. 어머니는 진통제가 들어가서인지 이내 숨을 고르게 쉬며 편안한 표정으로 잠이 들었다. 그 사이 재석은 간호사가 주는 입원서류를 받아들고 서명을 했다.

핸드폰을 꺼내 인공관절에 대해 검색하며 어떻게 수술하는지, 어느 병원 의사가 수술을 잘 하는지 등을 검색할 때 어머니가 깨어 재석을 불렀다.

"재석아, 수능 얼마 안 남았는데 엄마가 공부 방해만 하네."

어머니의 한마디에 재석은 괜히 마음이 찡했다. 재석은 병실 안에서 견딜 수 없는 답답함을 느끼고 병원 복도로 나왔다. 밤이 깊어 병원은 조용했고, 희미한 형광등 불빛만이 복도를 비추고 있었다. 재석은 벤치에 앉아 가방에서 작은 수첩을 꺼냈다. 펜을 손에 쥔 재석은 잠시 망설이다가 천천히 글을 쓰기 시작했다.

'죽음이란 뭘까. 부라퀴가 죽었을 때 처음으로 죽음에 대해 생각하게 됐다.'

펜을 움직이는 손끝이 떨렸다. 그럴 리는 없지만 어머니가 안 좋게 되면 어쩌나 상상하고, 부라퀴의 마지막 순간을 떠올리자 다시 가슴이 먹먹해졌다.

'그날 내가 아무리 애를 써도 할아버지를 살릴 수 없었어. 그때 처음으로 깨달았지. 우리가 이렇게 발버둥치는 게 무슨 의미가 있을까.'

재석은 잠시 펜을 멈추고 깊은 한숨을 내쉬었다. 감정이 널 뛰는 건 시험을 앞두고 있어서인 것도 같고 어머니의 병을 비롯한 여러 가지 고통이 밀려와서인 것도 같았다.

'차라리 군대나 가버릴까? 그럼 잠시라도 이 현실에서 도망칠 수 있지 않을까.'

재석은 군대에 대한 생각을 해 보며 허탈하게 웃었다. 자신이 이런 생각까지 하게 될 줄은 몰랐다.

'도망치고 싶은 건 맞지만, 도망친다고 모든 게 해결되는 건 아닐 거야.'

다시 마음을 잡아 글에 몰두했다.

최근 멘토였던 부라퀴가 세상을 떠나는 걸 보면서 나는 큰 충격을 받았다. 그의 존재는 내게 늘 삶의 방향을 알려주는 나침반 같은 것이었다. 하지만 지금은 더 이상 그의 목소리를 들을 수 없다. 그 사실을 받아들이기가 쉽지 않았다. 죽음은 너무나 갑작스럽고, 우리를 준비 없이 흔든다.

그런데 한편으론 부라퀴가 내게 남긴 흔적들을 떠올리며 생각했다. 죽음이 삶을 멈추게 하는 것 같지만, 사실은 죽음을 통해 삶의 의미가 더 선명해지는 건 아닐까? 죽음은 언젠가 모두에게 찾아오는 손님이다. 우린 그것을 잊어야 매일을 살아갈 수 있지만,

잊지 말아야 삶의 깊이를 느낄 수 있다.

  어머니도 곧 무릎 수술을 받으실 예정이다. 어머니는 걱정하지 말라고 하셨지만, 수술이라는 말만 들어도 마음이 무거워진다. 부라퀴의 죽음과 어머니의 아픔이 겹쳐지면서 삶의 유약함이 더욱 크게 다가온다. 어머니는 "이 고통도 지나갈 거야"라고 말씀하시지만, 나는 그런 어머니를 보며 시간이 얼마나 소중한지 다시 깨닫는다.

  죽음과 아픔 앞에서 우린 흔들릴 수밖에 없다. 하지만 부라퀴가 늘 말하던 대로, 흔들리더라도 앞으로 나아가는 게 삶이 아닐까? 그는 내게 "세상은 네가 완벽하지 않아도 괜찮다고 말해 줄 만큼 너그럽다."는 말을 자주 했다. 그 말이 지금 내게 더 큰 위로가 된다.

  부라퀴의 죽음은 내게 삶의 무게를 다시금 느끼게 했고, 어머니의 수술 준비는 그 무게를 더 견고하게 한다. 하지만 그 속에서 나는 작은 희망도 본다. 어머니가 웃으며 "이것도 하나의 과정일 뿐"이라 말씀하시는 걸 보며, 부라퀴가 남긴 말처럼 흔들리더라도 끝내 걸어가야겠다는 다짐을 한다.

  삶은 죽음을 품고 있고, 아픔을 품고 있다. 하지만 그 안에는 사랑과 희망도 있다. 부라퀴가 떠난 자리에서, 어머니가 준비하시는 수술의 시간 속에서, 나는 오늘도 흔들리는 발걸음으로 앞으로 나아간다. 그렇게 우리는 모두 자신의 속도로 걸어간다. 삶과 죽음, 그리고 그 사이를 잇는 다리 위에서.

글을 다 쓰고 나서도 마음이 가라앉지 않았다. 하지만 이렇게라도 생각을 적어보니 조금은 숨을 쉴 수 있을 것 같았다.
　재석은 수첩을 덮고 다시 병실로 향했다. 아직도 해결되지 않은 문제들과 그로 인한 고민이 실타래처럼 뒤엉키지만 묵묵히 발걸음을 옮겼다.

병조의 꿈

　10월 중순이 되었다. 길가의 나뭇잎들이 윤기를 잃어가는 만큼 수능 시험 날짜도 빠르게 다가왔다. 김태호 선생님은 수업을 마친 뒤 말했다.
　"자, 시간 남는 사람은 자습실에서 글도 쓰다 가고, 열심히 해라. 이제 수능이 다가오고 있다. 정시로 갈 사람은 수능 공부도 좀 신경 써서 관리하도록 해."
　김태호 선생님은 말을 마친 뒤 종종걸음으로 강의실을 나섰다. 저녁 때 동료 문인들과 회식이 있다고 하더니 마음이 급한 모양이었다. 그런데 급할 것 없는 재석이 느긋하게 강의실을 나가보니 먼저 나간 김태호 선생님이 학원 복도에서 누군가와 반갑게 대화하는 것이 보였다. 병조였다.

"선생님, 안녕하세요!"

"누구냐?"

"병조입니다."

"아, 병조! 그래, B대학 갔다고 들었어."

"선생님, 여기서 뵈니까 정말 반갑습니다."

"그래, 너도 국문과 들어갔다던데 글 열심히 쓰고 있니?"

"네, 쓰고 있는데 잘 안 되네요. 학교에서 공부를 너무 빡세게 시켜서요."

"그래, 그런 것도 할 줄 알아야지. 누구 만나러 왔냐?"

"재석이요."

마침 다가온 재석에게 김태호 선생님이 물었다.

"재석아, 병조랑 너 연락하고 지냈니?"

"최근에 만났어요."

"그랬구나. 병조야, 너 재석이 좀 잘 도와줘라. 샘은 바빠서 이만 간다. 나중에 한번 또 보자. 술 한 잔 해."

"네, 선생님. 제가 또 인사드릴게요."

김태호 선생님은 황급히 엘리베이터를 타고 내려갔다. 복도에 남은 재석은 병조에게 멋쩍은 표정을 지어 보였다.

"미안하다, 바쁜데."
"아, 삼수생이 만나자는데 안 올 수 있냐?"
"부탁을 받았어."
"무슨 부탁?"
"나가서 얘기하자."

둘은 괴테학원 1층에 있는 카페에 자리를 잡았다. 재석이 사려고 하자 병조가 먼저 음료를 샀다.
"야, 저번에 너희 엄마 카페에서 내가 난동 부려서 오늘은 내가 살게. 배도 고프지?"
병조는 케이크와 아이스 아메리카노를 가져왔다.
"넌 수능도 봐야 되지?"
"어, 정시로 가려면 수능 공부도 해야 되는데, 내가 가려는 문창과나 이런 곳은 실기를 보니까 아무래도 실기를 중시하고 있어."
"그래, 너 잘 볼 수 있을 거야."
재석이 병조를 만난 것은 세연의 부탁 때문이었다. 병조와 다시 연락이 되도록 해달라는 거였다. 재석은 이런저런 얘기를 하다 본론을 꺼냈다.
"너한테 자기 얘기 전달이라도 해달라고 해서 만나자고 한 거야. 무슨 일인지 궁금하기도 하고."

"하하, 걔가 그런 소리 했어?"

"응. 너랑 헤어지는 걸 괴로워하던데. 남녀 간의 문제에 나설 건 아니지만……."

"알겠어. 근데 세연이랑 다시 아무 일 없듯 만나긴 힘들어. 나 그 동아리에서 나왔어. 그리고 세연이 차단했어. 전화랑 톡이랑 모두."

"정말이야?"

"응."

병조는 어쩔 수 없다는 듯 이야기를 했다.

"우리 동아리에서는 서로 자기가 쓰려는 작품 같은 걸 이야기하거든. 그래서 나도 구상했던 작품들 몇 개를 소개했어."

병조의 말에 의하면 서로 자기가 생각하고 쓰려는 작품에 대해 이야기하고 다른 친구들이 곁에서 한마디씩 거들어 주다 보면 좋은 작품 아이디어가 얻어진다는 거였다.

"한마디로 느슨한 동인의 개념이야."

"동인이라는 게 뭐야?"

"어, 너《창조》《폐허》《백조》라는 잡지 들었지?"

"어, 국어 시간에 우리나라 최초의 문예지 뭐 그런 거 아니냐?"

《창조》《폐허》《백조》는 한국 근대문학을 이끈 중요한 문예 잡지들이다. 《창조》는 1919년에 발간된 우리나라 최초의 순수문예지로, 김동인, 전영택, 주요한 등이 주축이 되어 새로운 문학을 추구했다. 《폐허》는 1920년에 나온 잡지로, 나라를 잃고 힘든 시기에 예술로 슬픔과 고뇌를 표현했다. 이 잡지의 동인으로는 염상섭, 김억, 황석우 등이 있었다. 《백조》는 1922년에 발간된 잡지로, 아름다움과 예술성을 중시했으며 나도향, 현진건, 박종화 같은 작가들이 참여했다. 이들은 모두 문학을 통해 민족의 슬픔을 달래고 더 나은 미래를 꿈꾸었다. 잡지마다 추구하는 방향은 조금씩 달랐지만, 나라가 어려운 시기에 문학으로 희망을 전하려 했다는 점은 같았고, 한국 문학의 초석이 되었다.

"맞아, 그게 지금은 엄청나게 멋진 거 같잖아? 사실은 지금 생각해 보면 그냥 몇 명이 모여서 동인지 낸 거야."

"동인지?"

"응, 자기 돈으로 글 모아서 잡지 낸 게 우리나라 최초의 잡지가 되는 거지. 같이 문학에 대한 뜻을 나누고 의견을 조정하면서 성장하는 거거든. 그러다 보면 남의 글에 대해 신랄하게 비판도 하고 부족한 점도 채워주고 그런다고. 혼자 가면 힘들지만 여럿이 가면 편하다는 뜻이야."

"그렇구나. 그런데 그게 세연이랑 뭐?"

"세연이도 그런 우리 학교 작가 지망생 동인이었어. 우연히 내가 청소년소설 쓰겠다고 했더니 무슨 소설을 쓰냐고 그러는 거야. 그래서 내가 쓰려고 구상했던 이야기를 몇 마디 했어."

"그랬더니?"

"재밌겠다고 하더라고. 사실 나는 그건 나중에 등단하고 난 뒤에, 한 5년이나 10년 뒤에 청소년들을 위한 글로 남겨 놓으려던 거야."

"무슨 내용이었어?"

"요즘 아이들이 반려견 좋아하잖아. 그래서 다들 하나씩 키우는데, 또 반려견들을 동생처럼 기르니까 소통하면서 아이들의 고통과 외로움을 달래주는 뭐 그런 내용인데……."

"그런데?"

"아이가 암에 걸려 죽으면서 유언으로 자기 반려견에게 유산을 남겨 주라는 내용이야. 그래서 사람들이 개의 재산, 예를 들면 순금 개밥그릇이나 보석 박힌 목걸이 같은 걸 차지하려고 싸우고 뭐 그래서 재밌을 것 같은데, 결정적인 잘못을 세연이가 했지."

"뭐야?"

"걔 무슨 상 받았다고 그러지 않아?"

"응."

"그거 내 얘기 가지고 쓴 거야."

"뭐라고?"

재석은 깜짝 놀랐다.

"내가 구체적으로 어떻게 쓸 거라고 플롯까지 다 짜놨었거든. 그거 보여줬더니 재밌겠다고 하더니 그걸 나 몰래 살짝 고양이로 바꿔서 문학상 받았더라고. 나한테는 말 한마디 하지 않았어."

재석은 할 말이 없었다. 남의 작품을, 그것도 남자 친구의 작품을 자기 것처럼 써서 낸다는 게 가능한 일인가 싶었다. 이건 저작권법인지 뭔가에 걸리는 게 아닌가 싶었다.

"남의 작품을 훔치는 건 지적재산권 침해이긴 한데, 내가 쓴 작품도 아니고 구상한 거니까 아이디어를 빼간 거지. 하지만 정이 떨어지더라고. 이런 애랑 내가 계속 사귀어야 되나. 그래서 이야기했어. 축하한다고, 더 이상 문학 얘기를 함께 하기는 힘들 것 같다고. 그러고서는 안 만난 거야. 그랬더니 아마 자기 변명하려고 너한테 부탁한 모양이다."

재석은 여기서 더 이상 개입할 수 없다는 사실을 알았다. 대학만 들어가면 모든 일이 꿈같고 행복할 줄 알았는데, 대학은 성인들의 세계였고 더 무서운 곳이었다.

"할 말이 없다. 주제넘게 내가 너한테 그런 얘기하려고 만나자고 해서."

"아니야, 아니야. 괜찮아. 나도 김태호 선생님도 만나 볼 겸, 또 문예창작 학원은 어떤가 구경하러 왔어."

이미 병조의 얼굴은 담담했다.

'나도 저렇게 담담할 수 있을까?'

재석은 생각했다. 자신도 보담에게 저렇게 담담한 눈빛을 하게 된다면 그 또한 슬플 것 같았다.

"나는 지금 수능 봐야 하고 공모전 성적도 많이 올려야 되는데……. 글을 못 쓰나 봐. 너처럼 공모전을 다 따야 하는데……."

"하하하, 공모전은 운이 좋아야 돼, 재석아."

"그래 맞아."

"그리고 공모전 글쓰기는 항상 심사위원들과의 궁합이야. 글 자체가 좋아야 뽑히는 게 아니라고."

"응? 무슨 말이야?"

"심사위원이 어떤 스타일의 글을 좋아하나 그걸 알아야지. 한마디로 심사위원 눈에 들면 되는 거야. 재판이 판사만 설득하면 이기는 거랑 똑같아. 그러니까 가끔은 정의가 뒤집어지기도 하는 거야. 판사를 잘 설득하면 승소도 하고."

재석에게는 충격적인 말이었다. 머리가 온통 하얘지는 것 같았다.

"재석아, 내가 도움을 좀 줄게."

"무슨 도움?"

"네가 가고 싶은 대학들. 네 성적에 맞는 갈 만한 대학 이름을 말해 봐."

재석은 몇몇 대학교 이름을 말했다. 대개 실기고사 배점이 많아 합격 기준에 탄력성이 있는 곳을 염두에 두고 있었다. 가장 가고 싶은 J대학교부터 경기권에 있는 대학교와 전문대학교 문예창작과 등 대여섯 곳을 말했다.

"이 중에서 지원할 거야?"

"응. 나에게 맞아."

"그러면 내가 나중에 이 학교 정보를 줄게."

"무슨 정보?"

"나라고 어떻게 대단한 정보가 있겠어? 나도 별 정보는 없는데, 이 학교에 어떤 교수님들이 계신가 정도는 알 수 있어. 대부분 시인이나 소설가, 평론가, 희곡작가 이런 분들이야."

"그래?"

"그분들이 어떤 스타일인지는 문창과 애들이나 나같이 글

쓰는 사람들은 조금만 조사해 보면 알 수 있어. 그 스타일들을 내가 요약해서 줄게. 그래서 그 학교 가서 실기고사 볼 때 가급적이면 참고해서 써."

심사위원의 취향에 맞게 글을 쓴다는 것은 많은 숙달이 되어야 가능한 일이었지만, 재석은 고개를 끄덕였다.

그날 병조는 많은 이야기를 했다. 자신은 국내에서만 만족하지 않고 해외로 나가서 해외 작가가 되겠다고 했다. 죽기 전에 노벨문학상도 받고, 일본의 무라카미 하루키처럼 다양하게 해외에 거주하면서 글을 쓰려면 외국어도 공부해야 하고, 해외 번역 관계도 알아봐야 된다고 했다. 유학까지 꿈꾼다고 했다. 어마어마한 이야기를 듣고 재석은 꼭 하고픈 말이 있었다.

"병조야, 너 나한테 큰 영향을 줬어."

"그랬구나. 나 별로 해 준 게 없는데."

"아냐. 고마워."

"나 꿈을 위해서 일단 해결해야 할 문제가 있어."

"그게 뭔데?"

"군대야."

"군대?"

"맞아, 군대. 빨리 갔다 온 다음에 몰입해서 작가로서의 길을 걸을 거야. 다음 학기에 군대 가."

헤어지면서 재석은 병조가 어마어마한 거인같이 느껴졌다.

작은 승리

찬바람이 불기 시작하면서 학원과 학교는 일제히 수능 태세로 돌입했다. 11월 13일 시험인 수능이 얼마 남지 않았던 것이다. 아침에 학원 갈 때면 어머니는 항상 이야기했다.

"재석아, 최선을 다해라. 엄마는 너를 믿는다. 너무 부담 갖지 마."

"엄마, 걱정하지 마요."

어머니는 병원을 다니며 통증을 억제하고 있었지만, 인공관절 수술을 최대한 빨리 해야 한다는 사실에는 변함이 없었다.

"엄마, 제발 인공관절 수술 좀 해. 엄마가 그렇게 나하고 약속을 해줘야 내가 또 공부 열심히 할 거 아니야."

기회다 싶을 때마다 어머니를 설득했다.

"돈도 많이 안 들어. 엄마, 의료보험으로 거의 다 되잖아."

재석의 간절한 부탁에 어머니는 결국 재석이 대학에 입학하면 수술을 하겠다고 약속했다.

"엄마, 그때는 내가 꼭 도와줄게. 병원에 간병도 내가 해줄게."

"그래, 엄마가 예약해 놓을게."

어머니는 재석이 수능을 보고 대학입시에 성공하면 인공관절 수술을 하기로 철석같이 약속을 했다. 그러자 큰 동기부여가 되었다. 동시에 큰 부담으로 다가왔다. 대학에 합격한다는 것이 말로는 쉽지만 점점 자신이 없었기 때문이다. 수능 날짜가 다가오자 괴테학원 아이들은 모두 핼쑥해졌고, 말수도 줄어들었다. 삼수생인 재석은 이미 수학을 포기한 상태였다. 암기 과목 몇 개에만 집중적으로 매달렸다.

뒤늦게 부족함을 느꼈다. 일반 학원에서 수업을 듣고 나와 김태호 선생님의 괴테학원을 돌며 남는 시간에는 죽어라고 실기시험을 위한 글쓰기 연습과 수능 공부를 병행해야 했다. 두 마리 토끼를 쫓는 것 같았다.

'이러다 아무것도 못 잡으면 어떡하지?'

재석의 고민은 그거였다. 갑자기 속이 더부룩해 문을 열고 약국으로 들어갔다.

"먹는 소화제 좀 주세요."

무표정한 약사가 약을 건네주며 말했다.

"학생이에요?"

"네."

"고삼병 같네요. 약에 너무 의존하지 말고 간단하게 스트레칭도 좀 하고 스트레스를 풀어요. 그러면 소화가 좀 잘 될 거야."

"감사합니다."

밖으로 나와 편의점에서 생수를 사서 약을 들이켰다. 백 년 묵은 트림이 나오는 것 같았다. 트림을 하고 나오는 순간 처음 보는 여인이 아는 체를 했다.

"어머, 재수하는 학생 아니에요?"

"누구시죠? 저 아세요?"

"저기 있는 논술학원 원장이에요."

Y대학교 다니는 백일몽을 꿀 때 편의점 앞에서 만났던 학원 원장이었다.

"공부 잘 돼요?"

"잘 안 돼요. 그냥 열심히 해요."

그때 그 원장을 따라오던 초등학생 아이들이 쳐다봤다.

"선생님 누구에요?"

"원장님 아들이에요?"

"호호, 아니야. 대학 가려고 공부하는 형아야. 너희들도 나중에 고등학생 되면 저렇게 열심히 해야 돼."

"네!"

"파이팅!"

상큼한 미소를 남기고 학원 원장은 아이들을 마이크로버스에 태워 보냈다. 고등학교 때 열심히 하지 못했던 재석이었다. 어머니의 카페를 향해 터덜터덜 걸어가며 어쨌든 빨리 수능이 끝났으면 좋겠다고 생각할 때였다. 그때 문자가 날아왔다.

> 축하합니다. 이번 글로벌문학상에서 황재석 님의 글이 우수상에 뽑혔습니다. 자세한 내용은 추후 공지하도록 하겠습니다.

그 문자를 보는 순간, 갑자기 우중충하던 도시는 환하게 변했다. 보이지는 않지만 폭죽이 터지는 것 같았다.

'이럴 수가!'

자신도 모르게 너무 기뻐 어퍼컷 세리머니를 하고 있었다. 그렇게 애써도 되지 않았던 공모전에 우수상으로 당선된 것이었다. 물론 대상과 금상, 은상이 있었지만, 그래도 우수상이면 5위권 안에 드는 성적이었다. 이 정도면 대학입시에서 경력으로 내세울 만했다.

'아싸!'

기쁜 마음에 재석은 이 소식을 누구에게 먼저 말할까 고민하다가 일단 어머니에게 전화를 걸었다.

"엄마!"

"왜 그래? 재석아, 어디 아파? 무슨 일 있어?"

"아니야, 엄마! 글로벌문학상 우수상 받았어!"

"축하한다, 재석아. 정말 잘했다! 엄마 너무 기쁘다."

"아니야, 엄마. 기뻐하지 마. 아직도 수상 경력 더 필요해."

"그래도 그게 어디니? 너 그동안 상 못 받아서 얼마나 속상했어."

어머니의 목소리를 듣는 순간, 갑자기 어깨에 힘과 에너지가 들어갔다. 아까까지의 피곤함이 갑자기 싹 사라지고 속이 더부룩했던 고삼병도 눈 녹듯이 사라졌다. 빨리 김태호 선생님이 있는 괴테학원으로 달려가서 이 소식을 전하고 싶었다.

재석은 학원 교무실에 있는 김태호 선생님에게 말했다.

"선생님! 좋은 소식이에요"

너무 감격해 목소리까지 떨려나왔다.

"뭐냐?"

"저, 글로벌문학상에서 우수상 받았습니다!"

"어? 그래? 우수상? 아쉽네. 대상이었으면 좋았을 텐데. 아무튼 축하한다."

선생님은 냉철했다.

"그래도 이거 받은 게 어디예요?"

"그래, 그래. 잘했다. 작은 성공을 해야 큰 성공을 거두는 법이지. 문학상 응모해 놓은 거 더 있지?"

"예, 몇 개 더 있어요. 그런데 갑자기 희망이 생겨요!"

"하나 붙었다고 만족하면 다른 거 마가 낄 수도 있어. 나도 그랬어."

즐거워하는 재석에게 찬물을 끼얹는 것 같아 미안했지만, 김태호 선생님은 자신의 낙방담을 이야기하며 덧붙였다.

"이정문학상도 나중에 계속 도전해 봐라."

꺼져가는 불에 작은 기름 한 방울 부은 것처럼 다시 글쓰기와 입시에 대한 열정이 되살아났다. 작은 승리가 이어져 큰 승리가 되는 원리를 알 것 같았다.

그날 괴테학원은 민찬이도 B대학교 고교생 백일장에서 장원을 했다는 소식으로 떠들썩했다.

다가온 수능

11월 6일. 수능이 일주일 앞으로 다가왔다. 이번 수능에는 '입시 한파'가 있을 거라고 했다. 괴테학원에서의 강의도 일주일간 휴강이었다. 마지막 날 김태호 선생님은 아이들에게 말했다.

"자, 이 중에는 정시로 갈 학생도 있고, 수시로 갈 학생들도 있는데, 남은 일주일 동안 마지막으로 시험공부 열심히 공부해라. 문창과는 실기도 중요하지만, 수능 점수를 충분히 따 놓아서 나쁠 건 없지."

아이들을 바라보던 선생님은 덧붙였다.

"이제는 낮에 시험을 봐야 하니까, 삶의 리듬을 조절해야 해. 오늘부터는 밤을 새우지 말고, 일찍 자고 낮에 활동하는 훈련을 해 둬야 한다. 다 알고 있겠지?"

아이들은 우중충한 얼굴로 일주일간의 짧은 학원 방학을 받아들였다.

재석이 자리에서 일어나 나가려던 순간, 옆자리에 앉아 있던 민찬이가 빙긋 웃으며 말했다.

"형, 시험 잘 봐."

"응, 고마워. 너도 잘 봐라."

"나도 정시 봐야 돼."

붙임성이 좋은 녀석이었다. 드라마 작가가 꿈이라는 녀석을 뒤로 하고 재석은 괴테학원을 나섰다. 이대로 독서실로 가야 했지만, 발길이 쉽게 떨어지지 않았다. 아침에 집을 나설 때 들었던 어머니의 말이 귓가에 맴돌았다.

"재석아, 이런 얘기해서 미안한데, 수능 끝나면 역촌동 세입자한테 한번 가 봐라."

"세입자는 왜요?"

"거기 아파트 재건축한다고 하더라. 이주가 시작됐는데, 자기들 사정이 어렵다고 최대한 더 살 수 없냐고 그러더구나."

"그럼 지금 비워 줘야 하는 기간 아니에요?"

"불쌍한 사람들이잖니? 갈 데가 없다는데, 보증금 다 쓸 때까지는 살라고 얘기했어."

"요즘도 그런 사람들이 있어요?"

"요즘도 있더라. 재건축 조합이 둘로 나뉘어서 싸우고 있대. 버티는 사람들과 나가라는 사람들이 팽팽하게 대립 중이래."

"엄마는 도장 찍어 줬어요?"

"글쎄, 찍어 줄까 말까 고민 중이야. 세입자들도 힘들다는데, 그 사람들 나가라고 할 생각을 하니 마음이 아프네."

"그래도 보증금 주고 내보내는 거잖아요."

"보증금은 아마 그때 되면 그 사람들 월세 못 내서 돌려줄 게 없을 거야."

어머니가 생활비를 마련하려고 월세로 준 역촌동 아파트는, 부라퀴가 도와줘서 장만한 것이었다. 좋은 걸로 골라 사라는 제안을 거절하고 가장 저렴한, 오래된 아파트를 선택했다. 남의 신세 지는 걸 최소화해야 한다는 건 어머니 생각이었다.

"알겠어요, 엄마. 제가 가서 한번 보고 올게요."

"그래, 고맙다. 내가 가야 하는데 무릎이 아파서……."

어머니의 무릎에는 보호대가 칭칭 감겨 있었다. 재석은 어머니의 아픈 다리를 보며 마음 아팠다. 어머니에게 든든한 아들이 되고 싶었다.

"시험 준비는 잘 하고 있지?"

삼수로 끝냈으면 하는 어머니의 바람이 시선에 가득했다. 더 이상 실력이 늘 것 같지 않았고, 암기 과목 위주로 남은 일주일을 활용할 생각이었다. 하지만 창의적인 두뇌를 지닌 그에게 암기 과목 공부는 쉽지 않았다.

'이걸 다 외워서 어디에 쓸까?'

외우고 나면 금방 잊어버릴 과목들을 점수 때문에 공부하는 자신의 모습이 한심했다.

독서실 대신 괴테학원의 창작실로 방향을 바꿨다. 이동하는 시간도 아까웠다. 수능을 앞두고 창작실 곳곳에는 각자의 공부에 몰두하는 아이들이 앉아 있었다. 재석도 책을 펴서 공부를 시작했다. 얼마나 시간이 흘렀을까. 누군가 옆으로 다가왔다. 고개를 들었다. 병조였다.

"여기서 공부하고 있었구나?"

"응, 웬일이야?"

"수능 한파가 있다던데 괜찮을까?"

"어쩔 수 없지. 잘 입고 가야지. 넌 어때?"

"수능 끝나고 네가 대학 가면, 나는 군대 가야 해서 같이 학교생활은 못 하겠지만, 꼭 연락하자."

"그래, 알았어. 고마워."

병조는 두툼한 A4 용지 파일을 내밀었다.

"이거, 네가 지원하고 싶다던 학교 교수님들 정보야."

재석은 놀란 눈으로 파일을 들여다보았다. 교수들의 인적 사항뿐만 아니라, 작품 세계와 평론까지 자세히 정리되어 있었다.

"이걸 어디서 구했어?"

"뭐, 글 쓰는 애들 사이에서는 흔한 정보야. 옛날 자료가 있었는데, 내가 보강한 거야."

"고마워, 진짜."

병조의 배려가 가슴 깊이 와 닿았다. 자신이 문예창작과를 준비하면서도 이런 기본적인 정보조차 없이 공부해 왔다는 사실이 부끄러웠다. 소중한 자료를 가방에 넣으며 왠지 좋은 일이 있을 것만 같았다.

병조가 돌아간 뒤, 재석은 다시 책상으로 돌아가 사회 참고서와 문제집을 펼쳤다. 끝날 때까지 끝난 게 아니라는 말을 떠올리며 재석은 마지막 정리에 몰입했다. 시간은 계속 흘러가고 있었다.

집주인 재석

M전문대 문예창작과 실기시험은 꽤 독특했다. 명문대를 자부하는 학교답게 문제 또한 까다로웠다. 그중 가장 어려웠던 문제는 바로 이거였다.

<u>"악어는 눈물을 흘렸다"로 시작해 "빛을 향해 달려간다"로 끝맺는 글을 쓰되 원고지 30장의 분량을 넘기지 마시오.</u>

재석은 당황했다. 주어진 첫 문장과 마지막 문장 사이를 채운다는 것은 결코 쉬운 일이 아니었다. 고민 끝에 그는 M전문

대 문창과 교수진의 면면을 떠올렸다. 시인과 소설가, 다양한 인물들이 뇌리를 스쳐갔고, 이내 그들의 공통점을 깨달았다.

"그래, 80년대 감성이야!"

재석은 80년대 대학의 이미지를 떠올렸다. 민주화 운동과 자유, 정의를 외쳤던 때라고 병조의 자료에 적혀 있었던 것이 기억났다. 재석은 조심스럽게 글을 구상했다. 대개 이럴 때 다른 아이들은 에세이나 소설을 쓰기 마련이다. 하지만 재석은 다른 방향을 택하기로 했다. 악어라는 동물의 상징성과 악어의 눈물이 주는 의미를 생각했다. 그리고 중간의 이야기를 전통적인 발단 전개 위기 절정 대단원의 구상으로 쓰기로 결정했다. 그러면서 시적 감성을 담아내려 애썼다.

시험장에서는 여기저기서 학생들의 한숨 소리가 터져 나왔다. 재석은 최선을 다해 글을 완성했다. 시간 계산을 정확하게 하면서 글을 쓰되 맞춤법과 띄어쓰기도 틀려선 안 되었다. 몇 번을 연필로 쓴 초고를 고쳐 쓰고 나서야 원고지 30장을 채울 수 있었다.

악어는 눈물을 흘렸다. 강물은 그 눈물을 아무 일 없었다는 듯 조용히 삼켜버렸다. 흐르는 물살처럼 모든 것이 지나가는 것이라며, 시간의 덧없음을 속삭이듯. 그러나 늙은 악어는 알고 있었다.

이 눈물은 인간들이 자신을 흔히 조롱하는 단순한 이중성이 아니라, 깊은 자각의 순간에서 비롯된 것임을.

악어는 오랜 세월 강가에서 살아왔다. 젊은 시절, 먹이를 쫓으며 강의 법칙을 배웠다.

"강한 자만이 살아남는다."

악어는 그 말을 신념처럼 가슴에 새겼고, 거친 물살을 거슬러 올라갔다. 그러나 이제는 흐르는 물길 앞에서 망설이고 있었다.

"나는 누구인가?"

악어는 강물에 비친 흐릿한 자신의 그림자를 바라보았다. 날카롭던 이빨은 닳아가고, 강인하던 몸은 느려졌다. 한때 강을 지배하던 포식자는 이제 더 이상 흐름을 거스를 자신이 없었다.

그 순간, 강가의 바람이 악어의 귓가에 속삭였다.

"강은 변하지 않는다. 변하는 것은 너다."

악어는 눈을 감았다. 바람은 여전히 불고, 물은 여전히 흘렀다. 변하지 않은 것은 오직 자연뿐, 변하는 것은 다름 아닌 자기 자신이었다.

악어는 과거를 떠올렸다. 물가에 머물던 젊은 날의 자신, 끝없이 미래를 향해 달려가던 시절. 그때 악어는 왜 두려움이 없었을까? 단순히 젊었기 때문일까, 아니면 두려움을 인식할 겨를조차 없었기 때문일까?

강 건너편에서 어린 악어들이 물살을 가르며 노닐고 있었다. 그들은 두려움 대신 호기심을 품고 있었고, 망설임 대신 도전을 실천하고 있었다. 악어는 가슴속 깊은 곳에서 밀려오는 슬픈 감정을 느꼈다.

"나는 악어들과 다르지 않다. 다만 시간이 나를 무겁게 만들었을 뿐."

강가의 악어는 천천히 발을 내디뎠다. 차가운 물이 비늘 사이로 스며들었고, 그의 몸은 조금씩 물살을 탔다. 그는 나약했던 과거를 떨쳐내고 다시 앞으로 나아갈 수 있을까?

"두려움은 나의 적이 아니다. 오히려 나를 앞으로 나아가게 하는 힘이다."

악어는 물살을 가르며 깊숙이 나아갔다. 그를 짓누르던 과거의 기억들이 점차 뒤로 사라지고, 앞에는 끝없이 펼쳐진 강의 흐름만이 남았다.

빛이 보였다. 저 멀리, 물결이 부서지는 곳에서 햇살이 반짝이고 있었다. 악어는 마지막으로 깊이 숨을 들이마신 뒤 강 바닥 어두운 곳으로 잠수했다. 그리고 자신에게 말했다.

"빛을 향해 달려간다."

마지막 문장을 점검한 후 제출했다. 실기시험이 끝난 것이다. 대학을 나서자 미술대와 음악대의 실기시험을 마친 학생들이 뒤섞여 교문 앞을 향해 몰려나왔다. 이 대학과의 인연이 이어질지 모를 불안한 마음을 안고 재석은 천천히 걸었다. 그러던 중, 검은 승용차 한 대가 비상등을 켜고 멈춰 서 있는 것이 보였다. 차 앞에 서 있다 재석에게 다가온 건 놀랍게도 일구였다.

"재석아!"

"일구. 어쩐 일이야?"

"너 기다렸어. 나랑 같이 좀 가자."

"내가 왜?"

"가 보면 알아."

"싫다면?"

"너희 어머니 만나고 왔어."

그 순간 재석은 그 말이 무슨 뜻인지 알았다. 상상도 못 했던 협박이었다. 온몸에 분노가 치밀었지만 참아야 했다. 경거망동은 금물이다. 일구는 재석을 거의 떠밀다시피 차에 태웠다. 옆자리에는 날카로운 인상을 가진 남자가 앉아 있었다.

"인사해, 형님, 아니. 우리 회사 이사님이셔."

어디서 본 듯했는데 기억은 잘 나지 않았다. 재석은 얼떨결에 차에 떠밀려 타게 되었다. 이렇게 된 이상 이들의 이야기를 들어볼 수밖에 없기 때문이다. 기다렸다는 듯 자동차는 어느새 대로를 질주하고 있었다.

"아무 일 없어. 잠시 가 보면 알아. 저녁 먹으면서 사업 이야기하려고 해."

"나 너네 회사 안 간다니까. 당장 차 세워."

그가 회사에 들어가는 것이 이들에게 얼마나 중요한 것이기에 이러는가 싶었다. 혹시라도 문제가 생기면 뛰쳐나갈 준비를 하며 몸의 긴장을 늦추지 않았다. 저항한다고 해결될 것 같지 않았다. 일단 일이 돌아가는 걸 보기로 했다. 차는 어느 주상복합 아파트 상가로 들어섰고, 차에서 내린 그들은 한 중식당으로 가 안으로 들어갔다. 식당 작은 룸 안에 먼저 와 기다리고 있던 자가 재석이 들어서자 말했다.

"예전부터 네 이야기 많이 들었다. 재석이라고?"

"누구세요?"

옆에 있던 일구가 말했다.

"우리 회사 본부장님이셔."

"우린 널 해꼬지 하려는 게 아니야. 얘기 좀 하자고."

때맞춰 코스 음식들이 운반되어 왔다. 독한 중국술이 앞에 놓였지만 그는 손사래를 쳤다.

"저, 술 안 합니다. 어머니가 집에서 기다리고 계셔서요."

"어머니 잘 계시더라. 어머니가 너 오늘 M전문대 실기시험이라고 말씀해 주셔서 온 거야. 걱정하지 마. 투플러스 한우 선물 드리니까 아들 친구가 벌써 이렇게 자리 잡았냐고 좋아하셨어."

일구의 말에 재석의 분노 게이지는 훅 올라갔다.

"뭐라고? 우리 엄마 건드리면 죽어!"

"아, 왜 이러시나. 우리도 남의 어머니를 건드리지 않아."

본부장이 조용히 웃으며 말했다.

"재석이 너네 역촌동 아파트 말이다. 황재석 네가 집주인으로 등기가 되어 있더군."

"내가요? 나 그런 거 없어요. 그건 어머니 집이에요."

"어머니가 올 가을에 네 이름으로 증여하고 세금까지 다 내셨어. 몰랐나?"

금시초문이었다.

"우리가 하려는 얘기는 이거야. 네가 우리 회사에 들어왔으면 좋겠다는 거다. 재건축 조합원 자격으로 말야. 우리가 지금 역촌동 재개발 업무를 맡고 있거든. 근데 빨리 집을 비워야 하는데 아직도 말 안 듣는 자들이 있어. 그 자들을 쫓아내고 빨리 사업을 진행해야 우리가 이익을 많이 볼 수 있단 말이야. 근데 재석이 너네 집도 그중 하나더라. 아주 잘 된 거지.

일구는 재석의 눈을 똑바로 바라보며 말을 이었다.

"일단 너는 빨리 세입자부터 내보내. 그리고 우리랑 함께 주변 이웃들을 설득해 줘. 그런 작업을 해 주면 좋겠어. 집주인으로 동네 분위기도 좀 이끌고, 우리와 함께 다니면서 설득도 해 주면 좋지. 물론 공짜는 없어. 보수도 두둑하게 챙겨 줄게."

본부장이라는 사내가 말을 이었다.

"넌 아주 잘 된 케이스야. 어쩌면 이런 우연이 있냐? 우리가 재개발을 맡은 동네에 우리 일구 친구가 집이 있다니 말이야."

재석은 아무 말도 하지 않고 입술을 깨물었다. 역촌동 재개발 지역을 일구네 회사가 맡은 모양이었다.

"물론 공짜는 아니야. 너희 아파트, 지금 자부담을 얼마나 할지 아직 결정은 안 되었는데 부담금 내면 38평을 받을 수 있더라. 하지만 우리가 특별히 그 부담금으로 너한테 48평을 분양해 줄게. 원한다면 계약서도 공증해 줄 수 있고……. 대신 너는 우리 회사에 들어와서 월급 받으면서 우리 일에 협조만 해 주면 된다."

재석은 어이가 없었다. 이런 구린 이야기는 대부분 편법이거나 불법이었다. 오래 살아보진 않았지만 그 정도 판단은 서는 재석이었다.

"저, 대학도 가고 군대로 가야 되거든요. 죄송하지만 지금 회사에 취직할 때가 아니에요."

"누가 대학 가지 말래? 대학 가. 대신 남는 시간에 우리랑 같이 일하면 되는 거지. 우리도 대학 다니는 애들이 직원으로 있으면 좋아. 똑똑하잖아?"

그러나 재석은 더 이상 이야기를 끌고 가고 싶지 않았다. 이런 자리는 빨리 피하는 것이 답이었다.

"죄송합니다."

재석은 벌떡 일어나 문을 박차고 나가려 했다.

"어디 가? 아직 얘기 안 끝났어."

일구가 옆에서 그의 팔을 잡았다. 재석은 이를 악물고 말했다.

"다시는 나 찾아오지 마라. 가뜩이나 실기시험으로 정신 사납다. 그리고 경고하는데, 우리 집에 다시 오거나 어머니랑 대화를 시도하면 경찰에 신고할 거야."

"이 자식이!"

일구가 성큼 다가와 재석의 멱살을 잡으려는 순간, 재석은 반사적으로 그의 팔을 비틀어 넘겨 버렸다.

"크윽!"

일구가 요란한 소리와 함께 바닥에 나뒹굴었다. 옆에 있던 다른 녀석들이 벌떡 일어났지만, 재석은 그 틈을 타 재빨리 식당 문을 박차고 뛰쳐나갔다.

"잡아!"

쫓아오는 다른 덩치가 재석의 어깨를 움켜잡는 순간, 재석은 몸을 틀면서 오른쪽 팔꿈치로 그의 면상을 가격했다. 덩치는 코를 감싸며 주저앉았고, 재석은 그 틈을 타 곧장 계단으로 도망쳤다.

"서라!"

상가 사이로 사람들이 비명을 질렀고, 쫓아오던 녀석들이 혼란 속에서 우왕좌왕하는 사이, 재석은 상가 밖으로 뛰쳐나갔다. 마침 도로에서는 신호가 파란불로 바뀌며 차들이 움직이기 시작했다. 재석은 숨을 고를 틈도 없이 차들 사이로 재빨리 무단횡단을 했다. 쫓길 때 이렇게 차 사이로 도망쳐 건너편으로 가는 게 최고라는 건 실전 경험으로 이미 알고 있었다. 뒤따라 나온 일구와 녀석들은 멈춰 서서 좌우만 살피고 있었다. 재석은 그 틈을 타 마침 지나가는 택시를 세우고 황급히 차에 올라탔다.

"빨리 가 주세요!"

택시는 빠르게 출발했다. 차창 너머로 점점 멀어지는 그들을 바라보며 재석은 숨을 몰아쉬었다. 택시기사가 룸미러로 무슨 일인가 싶은 얼굴로 힐끔힐끔 재석을 바라보았다. 재석은 그제야 아까 차에 있던 낯익은 자의 얼굴이 기억났다. 불량 서클에 몸담았던 고등학생 시절 얼핏 본 적이 있던 쌍날파 중간 보스였다.

합격과 불합격

　수능 성적이 발표될 무렵 계절은 본격적인 겨울로 들어섰다. 간혹 오는 추위로 사람들은 몸을 웅크렸다. 하지만 입시학원은 열기로 뜨거웠다. 논술을 준비하는 학원들은 더더욱 그랬고, 재수를 준비하는 학생들은 아예 일찍 학원에 등록을 하고 다음 해를 노렸다. 괴테학원도 각개격파 상태로 들어갔다. 학생들이 지원하는 학교가 다 다르기 때문에, 같은 학교에 시험을 보는 아이들끼리 모여서 글 쓰고 합평을 하는 일이 벌어졌다. 모두 서로 돕는 거였다.
　"이 글은 임팩트가 없어. 좀 더 네가 하고 싶은 말을 강

조해."

"너는 띄어쓰기랑 맞춤법 신경 더 써라."

재석 역시 자신의 점수를 확인하고 그에 맞는 학교의 실기 시험을 준비했다. 비슷한 합격 가능성이 있는 아이들끼리 군데군데 모여 함께 글쓰기 공부를 하며 정보를 교환했다. 김태호 선생님은 그룹마다 찾아다니며 아이들이 공부하거나 글 쓴 것을 봐주었다.

재석은 수능 점수를 좋게 받지 못했다. 예상했던 결과였다. 조금만 더 받았더라면 하는 생각은 있었지만 그건 이미 지나간 일이었다. 어머니는 아무 말도 하지 못하고 있었다. 그저 재석이 잘되기만을 기원하며 성모상 앞에 촛불을 켜 놓고 매일 아침 기도만 했다. 기도한다고 이루어지는 것은 아닐 수 있지만 아침마다 그 모습을 보고 괴테학원으로 가는 재석에게는 새로운 각오를 다지게 하는 각성제가 되기는 했다. 김태호 선생님도 까칠한 얼굴로 재석을 볼 때마다 격려해 주었다.

"재석아, 잘 견뎌라. 이게 너의 마지막 난관이다. 좋은 소식 있을 거야."

"선생님, 시험을 보면 볼수록 자신이 없어요."

"이 녀석아. 실기시험은 기세야. 나는 할 수 있다라고 생각을 해."

그렇게 한겨울이 넘어가고 있었다. 재석은 모든 잡다한 일은 관심을 끊고 연락을 차단하고, 미친 듯이 글쓰기에 몰입했다. 졸리면 괴테학원 창작실에서 잠깐 엎드려 잠을 자고 일어나 글을 썼다. 소화불량은 물론이고 어지럼증까지 올 지경이었다. 유일한 휴식은 괴테학원 앞에 있는 편의점에 가서 음료수나 라면을 하나 먹는 것이었다.

지나가던 꼬맹이들이 아는 체를 했다.

"안녕하세요?"

"넌 누구냐?"

"우리 학원에 선생님으로 오실 거라면서요?"

"원장님?"

"네. 저기 있는 독서논술 학원이요."

"우리 원장님이 아저씨 대학교 들어가면 우리 학원에 글쓰기 선생님으로 알바 하러 오신댔는데. 정말이에요?"

아이들 사이에서는 이미 재석이 대학생이었다. 아마 독서논술 원장님이 아이들에게 미리 자기의 염원을 말한 것 같았다.

'최소한 알바 자리 확보했군.'

불 밝히고 있는 길 건너 독서논술 학원 간판을 바라보며 재석은 씁쓸하게 웃었다.

그때 민성에게서 문자가 왔다.

> 재석아, 실기시험 잘 보고 있어?
> 우리 너희 학원 근처인데 향금이랑
> 지금 잠깐 들리려고 하는데 시간 가능?

향금을 만난 지는 오래된 거 같았다. 잠깐 만나서 차 한 잔 마시는 것은 어려울 것 없었다. 수능도 끝났고 실기시험은 분초를 다투는 것이 아니었기 때문이다.

그날 저녁 8시에 민성과 향금이 재석을 찾아왔다. 셋은 카페에서 만났다.

"야, 학원에 오랜만에 온 거 같아."

향금은 못 본 사이에 부쩍 어른스러워 보였다.

"그동안 못 만나서 미안. 좀 바빴어. 재수, 아니 삼수하느라 고생 많지?"

풀 메이크업을 한 향금을 보며 재석은 깜짝 놀랐다.

"와, 화장하니까 못 알아보겠네. 누가 보면 연예인인 줄 알겠다."

"응, 오늘 오디션 보고 와서 그래. 내가 일산에서 아까까지 오디션 보는데 민성이도 부근에게 촬영보조 한다기에 그럼 끝나고 같이 가자고 내가 말했어."

"향금이 계속 연기하고 내레이션도 하고 또 학교 수업 듣느라고 바빠. 아주 커리어우먼이야."

민성이 사랑스러운 듯이 말했다.

"무슨 오디션?"

"뮤지컬 오디션 보러 다녀."

"그래. 너 원래 노래 잘하더니 꼭 잘 되길 바란다."

"고마워. 나는 소원이 하나 있다구. 언젠가 바로 재석이 네가 쓴 대본으로 공연을 하면 그때 무대 위에 올라가는 게 소원이야. 정말 네가 쓴 거 공연하면 얼마나 좋을까?"

"그럼 내가 동영상으로 촬영할게."

순간 재석은 백일몽 꾼 게 생각났다. 꿈속에서 대학생이 되어 연극 연습을 하다 분탕질이 일어난 그 장면이 바로 떠올랐다. 피식 웃음이 나왔다.

"왜 웃어?"

"아니, 꿈에서 내가 대학생 되어 가지고 글 쓴 걸로 연출해 가지고 연기자들 하고 싸웠던 꿈이 생각났어."

"야, 꿈은 실제로 이루어지는 거야. 그거 예지몽일 거야. 꼭 이루어져."

향금이 호들갑을 떨었다.

"그러면 좋겠다. 근데 배우들이 날 무척 싫어했어. 하하."

"그래? 원래 꿈은 반대야."

"야, 너 아까 예지몽이라더니 이렇게 또 반대로 해석하는 건 뭐야?"

"그런가? 호호. 어떻게든 너 기분 좋게 할라고 그러지."

향금이는 공감 능력 좋은 아이답게 여전히 유쾌하고 발랄했다. 오랜만에 친구들을 만나 이야기를 나누자 재석은 숨통이 틔는 것 같았다.

"고마워. 열심히 해서 향금이랑 민성이 너희들 기대에 반이라도 보답할게."

"그래. 너는 꼭 할 수 있어."

갑자기 이야기 소재가 끊기자 민성이 물었다.

"너 보담이 소식은 못 들었어?"

"응. 전에 한번 S대 앞에서 만난 적이 있어. 책도 한 권 받고……."

그러자 민성과 향금은 알겠다는 듯 서로 마주 보았다. 향금이 참지 못하겠다는 듯 눈을 반짝이며 물었다.

"너 그럼 소식 모르겠구나. 보담이 사귀던 S대 오빠랑 헤어졌대."

"정말?"

"응, 그 오빠가 너무 범생이래."

"범생이?"

"응, 그 오빠 수능 공동수석인 오빠였대. 그런데 공부밖에 몰라서 세상을 잘 모른대. 그래서 보담이가 그만 만나자고 그랬대."

재석은 보담이가 헤어지면서 상처를 받았을까봐 걱정됐다. 보담이는 그런 상처가 없기를 바랐다. 기분을 전환하기 위해 재석은 고개를 흔들고 말했다.

"나 사실은 병조가 엄청 도움을 줬어."

"병조가?"

"응. 내가 지원할 대학교 문창과 교수님 정보를 줬는데 그게 도움이 되고 있어."

"와, 병조가 쓸모 있는 일을 하네? 나 병조 전에 만났는데 학교 잘 다니더라. 아무튼 김태호 선생님이 학원에 계신다며?"

"아, 오늘은 일찍 퇴근하셨어."

"그래? 아유, 인사도 할 겸 왔는데……."

"너희들 왔었다고 내가 말씀드릴게."

모임은 이쯤에서 마무리 되었다. 재석은 실기 연습을 조금 더 해야 했다. 합격하면 꼭 파티 해야 한다고 다짐하고 아이들이 돌아가자 재석은 다시 창작실로 올라왔다. 답답한 느낌에 꼭 또다시 알 껍질에 갇힌 느낌이었다.

자신을 감싸고 있는 커다란 껍질을 어떻게 깨고 나가야 할지 알 수 없었다.《데미안》이 떠올랐다.

'그래 이건 껍질을 깨기 위한 노력이야. 데미안에 나오는 것처럼 껍질은 한없이 생기는 거고, 인간은 끝없이 그것을 깨기 위해 노력해야 하는 거야.'

창작실 이곳저곳에서는 아이들이 글을 쓰다가 엎드려 잠을 자고 있었다. 그들 모두 껍질을 깨기 위해 앉아 있는 아이들이었다. 그리고 그들의 성공을 꿈꾸는 부모와 형제들까지 겹쳐 보이는 것 같았다. 재석도 집에서 기도하고 있을 어머니가 눈앞에 떠올랐다. 온 세상이 재석을 버려도 끝까지 재석의 편일 사람. 앞으로 어떻게 살아야 할지 알 수는 없지만 재석이 당장 할 수 있는 것은 최선을 다해서 눈앞에 있는 과제를 해결하는 것뿐이었다.

찾아온 보담이

입시 결과는 참혹했다. 여섯 군데 시험을 봤는데 두 군데는 떨어졌다. B대학교 J대학교는 떨어졌고, M전문대만 합격 대기였다. 그러나 대기 번호가 17번으로 너무 밀려 있었다. 최종 결과만 기다리는 무료한 시간이 이어졌다.

김태호 선생님이 그 무렵 조심스럽게 제안을 했다.

"재석아, 고3 올라가는 아이들 벌써 예비반으로 왔는데 네가 조교 좀 할래?"

"조교요? 저 아직 입시 결과 안 났는데요?"

"야 임마. 떨어져도 다시 사수는 안 할 거 아냐? 조교 좀 하고, 군대도 가야 되잖아."

재석은 깜짝 놀랐다. 마음속을 들킨 것만 같았다.

"어, 어떻게 아셨어요?"

"떨어지면 조교 하다가 가. 붙으면 개강하고 나서도 알바로 와서 조교 하고……."

그 말을 듣자 재석은 자신의 처지를 돌아보게 되었다. 어디 의지할 데 하나 없는 자신을 선생님이 미리 헤아려 말해 주는 거였다.

"네. 알겠습니다."

군대에 대해서는 은지의 오빠인 준호 형에게 물어본 적이 있었다.

> 형 군대 가는 거 어떻게 생각해?

준호 형은 3교대로 근무하느라 바쁠 텐데도 재석이 부담 갖지 않도록 세심한 답장을 보내왔다.

> 재석아 군대는 어차피 가야 할 것이야.

> 빨리 갔다 오면 빨리 갔다 오는 만큼
> 장단점이 있고 늦게 가면 늦게 가는 만큼
> 장단점이 있지.
> 아무튼 남자는 군대를 한 번 갔다 와야
> 남자가 되는 거야.
> 너 국가대표 선수들이 운동
> 열심히 한다 그러지만
> 동영상에서 말하는 거 봤지?

형이 보내 준 것은 축구 국가대표 S선수의 인터뷰였다.

"저는 체력 쓰고 몸 쓰는 것만은 누구에게도 지지 않는다고 생각했습니다. 군대 가서 훈련을 받는데 저는 6개월만 받고 나오면 되는 병역특례자였는데 마지막에는 갑자기 행군을 하는 거예요. 행군을 하면서 저는 느꼈습니다. 난 운동선수인데도 이렇게 죽도록 힘든데 이 사람들은 일반인인데 어떻게 이걸 견뎌낼까? 저는 그 뒤로 지나가는 군인들 보면 꼭 용돈을 줍니다. 그리고 격려합니다. 그런 사람들이 있기 때문에 우리나라가 지켜지는 겁니다."

그 동영상을 보자 이제 재석은 군대 가는 것도 나쁘지 않겠다는 생각을 했다. 그리고 어느 대학에도 다닐 수 없게 되면 빨리 군대를 다녀와 직장 생활을 해야겠다는 생각에 잠시 모든 짐을 내려놓은 듯 홀가분해지기도 했다.

C예술대학교는 최종 불합격이었다. 이제 거의 끝난 거나 마찬가지였다. M전문대는 대기 번호가 너무 뒤였기 때문에 가능성이 없었다. 괴테학원에서 수업 준비를 하고 정리를 하고 있을 때였다. 강의실을 청소하고 칠판을 닦아 놓을 때 갑자기 강의실 문이 열리더니 누군가 들어왔다.
"재, 재석아!"
고개를 돌려 보니 그곳엔 분홍색 패딩을 입은 보담이 서 있었다.
"어, 보담아."
보담이 찾아왔다. 어리둥절했다. 꿈인가 생시인가 싶었다. 마음 같아선 환하게 웃어주고 싶었지만 이미 두 사람 사이는 멀어져 있었다. 가슴이 벌렁거렸지만 애써 담담해지려 노력했다.
"무슨 일이야?"
"응. 시간 좀 있어? 너 여기 조교 한다고 민성이가 말해줘서."
"응."

보담은 이미 삼수가 실패했음을 알고 있는 것 같았다. 어떻게든 위로해 주려고 일부러 온 거 같았다.

"그래, 어떻게 할 거야?"

"어떻게 하긴 뭐. 군대 가려고 해."

애써 재석은 흔쾌한 표정을 지었다.

"그렇구나. 너는 뭘 해도 잘할 거야."

재석도 궁금한 게 있었다.

"너는 그때 그 선배하고 헤어졌다며?"

"응. 나하고 잘 안 맞아. 세상에는 관심 없고 하루라도 빨리 법조계 나가서 성공할 생각만 하길래."

"그랬구나."

안 맞는다는 말에는 많은 것이 함축되어 있었다.

"나도 열심히 공부하려고. 초심을 되찾으려고······."

"초심이라니?"

"고등학교 때 너랑 같이 꿈꿨잖아. 약자를 보호하고 세상을 조금이라도 나은 곳으로 만들겠다는 초심으로 돌아가려고 해. 그게 나의 처음 마음이지."

재석은 순간 자신에게는 초심이 있었나 생각했다. 보담을 만나면서 그녀의 할아버지인 부라퀴를 멘토로 받아들여 힘들고 어려울 때마다 도움 받은 게 기억났다. 보담이를 만나고 부라퀴를 만난 건 그 자체가 자기계발이었고 빛을 향해 나서는 길이었다. 책상 앞에 10분도 앉아 있지 못했던 자신이 아니던가. 그때 다른 아이들이 책을 읽고 글을 쓰면서 공부하는 모습이 얼마나 부러웠는지를 돌이켰다. 《데미안》을 크게 미안하다는 뜻으로나 알고 있었던 무식한 자기가 이제 문창과 시험을 보고 있는 수준까지 왔다. 느리지만 성장한 거였다.

순간 재석은 눈물이 날 것 같았다. 글 쓰는 것만으로도 행복했고, 책상 앞에 앉아서 집중하는 시간이 조금씩 늘어날 때마다 보람을 느꼈던 기억이 새삼스러웠다. 주먹을 휘두를 때마다 정의롭게, 때론 무모하게 다치고 싸우며 깨지면서 여기까지 왔던 자신이 아니던가.

"큭!"

재석이 자신도 모르게 울컥하는 것을 보자 보담이 어깨를 쓰다듬어 주었다.

"재석아, 울지 마."

"미안해. 갑자기 할아버지 생각나서 그랬어."

이럴 때 부라퀴가 있었다면 얼마나 큰 의지가 될 것인가.

"대학 입학해서 할아버지께 합격증서 가져가고 싶었는데."

"대전인데?"

"대전이 아니라 부산이라도 가야지."

"고마워, 재석아. 할아버지는 다 보고 계실 거야."

보담도 할아버지 부라퀴 생각에 눈물 흘렸다.

한바탕 눈물을 흘리고 진정한 보담이 불쑥 말했다.

"재석아, 나랑 다시 만나 줄 거지?"

"알았어. 내가 부끄러워서 그럴 뿐이야. 너랑 나 차이가 너무 크잖아."

"부끄럽긴 뭐가 부끄러워? 우리는 똑같이 철부지 사춘기 고등학생이었잖아."

"맞아."

둘은 옛날 일을 떠올리며 한참을 즐겁게 대화를 나누었다. 마음속에 묵은 것들이 다 사라진 기분이었다. 이제 군대를 가도 홀가분하게 다녀올 수 있을 것 같았다.

"나 군대 가면 면회 올 거야?"

"그럼 내가 안 가면 누가 가?"

그때 누군가 창작실로 들어오다 재석을 보고 흠칫 놀랐다.

"어, 형!"

민찬이었다. 고등학교 졸업을 해서 머리카락이 이제 장발 수준이었다. 얼굴은 환하게 밝았다.

"민찬이구나."

"형 있을 줄 몰랐어요. 나 김태호 샘한테 인사드리려고 왔는데."
"학교 됐어?"
"네. 오늘 나 마지막으로 대기 타던 B대에서 자리 났다고 연락 왔어요."
민찬의 얼굴이 발그레했다.
"축하한다. 너는 열심히 했잖아. 공모전 입상도 많이 하고 무엇보다 B대 백일장 대상받았잖아."
"맞아요. 암튼 고마워요, 형."
그러면서 민찬은 옆에 있는 보담을 힐끔 쳐다보았다.
"어, 민찬아, 인사해. 내 친구 보담이야."
"안녕하세요?"
"축하드려요. B대학교에 합격하셨다구요."
"네, 형하고 같이 글 쓰다가 저만 합격해서 좀 미안해요."
"미안하긴? 네 실력으로 간 건데. 보담아, 얘는 글 잘 써서 시험 본 학교 거의 다 붙었어."
"정말이야?"
민찬은 붙었던 학교들마다 취소를 하며 최종적으로 가장 가고 싶었던 B대학교에 등록을 결심한 거였다.
"다 문창과예요?"
"네. 오늘 아빠가 등록해 주셨어요."

"축하한다. B대에 병조라고 내 친구 있어. 나중에 소개해 줄게. 알고 지내면 좋을 거야."

"고마워요. 형, 내가 취소해서 다른 학교 대기 순서도 하나씩 다 당겨질 거예요. 연쇄반응으로 형한테도 혹시 연락 올지 몰라요."

"에이, 기대도 안 해."

씁쓸했다. 민찬이 하나가 취소함으로써 대기 번호에 작은 쓰나미가 일어나긴 할 거였다. 하지만 그 차례가 재석에게까지 온다는 보장은 없었다.

기뻐서 얼굴이 핀 민찬이를 보내고, 창작실에 글 쓰거나 공부하려고 학생들이 들어오자 재석은 보담과 밖으로 나왔다.

"저녁 때 다 되었어. 불광천 옆에 내가 개발한 맛집 있어. 가서 밥 한번 먹고 가."

"그래 알았어. 같이 가."

보담은 싹싹하게 대답했다.

둘은 밥을 먹으며 지난 추억 이야기를 계속 했다.

"사실은 할아버지가 돌아가시기 전에 나한테 말씀하셨어."

"뭐라고?"

"너 잘 지켜 주라고."

그게 무슨 뜻인지 재석은 알 것 같았다. 하지만 입을 열 수가 없었다.

"내가 너무 부끄럽다. 누가 그랬어. 오늘의 내 부끄러운 모습은 과거의 내가 나태한 결과라고."

"맞는 말이지만 그런 생각 하지 마. 오늘부터 열심히 하면 나중에 다가올 미래는 찬란해질 거야."

그런 이야기는 특별히 와 닿지 않았다. 그 어떤 두려움과 고난도 몸뚱이 하나로 이겨냈던 재석이었다. 그런데 이렇게 초라한 모습으로 살아야 한다는 사실이 못 견딜 것 같았다.

그때 테이블에 올려놓은 핸드폰이 밝아지며 진동과 함께 전화가 왔다.

"받아 봐."

02로 시작하는 낯선 유선전화였다.

"여보세요."

"황재석 학생인가요? 여기 M전문대학교 입학관리처인데요."

"네?"

재석의 가슴은 갑자기 벌렁벌렁 뛰기 시작했다

"저희 학교 문창과 대기 번호 17번 본인 맞으시죠?"

"네."

가슴이 쿵쾅거렸다.

"안녕하세요? 추가 합격 등록 건으로 연락드렸습니다. 지금부터 통화 내용 모두 녹음되는데 괜찮으신가요?"

"네."

"축하드립니다. 문예창작학과 합격하셨습니다. 혹시 등록 기다리는 대학 있으실까요?

"아, 아뇨. 없습니다."

"그럼 저희 대학교 문서 등록 예정으로 체크해도 될까요?"

"……."

"여보세요. 등록 가능하세요?"

재석은 가슴이 터질 것만 같았다.

"드, 등록하겠습니다. 하고말고요!"

재석은 흥분해서 식당 사람들이 다 쳐다보는 것도 모르고 소리를 질렀다. 옆에 있던 보담이 눈물에 눈물이 글썽거렸다. 입학관리처 직원은 친절하게 등록금 관련 안내는 나중에 문자로 보낸다고 했다. 지켜보던 보담이 떨리는 목소리로 물었다.

"재, 재석아! 정말 합격한 거야?"

"응! 보담아, 나 드디어 합격했대!"

자기도 모르게 떨리는 목소리로 재석은 보담을 와락 끌어

안았다.

"꺄아악!"

보담과 재석은 그 자리에서 부둥켜안고 경중경중 뛰었다. 식당의 다른 사람들이 모두 축하의 박수를 쳐 주었다. 이제 비로소 재석의 등에도 비상할 수 있는 날개가 돋아나기 시작한 거였다.

재석이와 함께 한 16년
Q&A

까칠한 재석이 시리즈를 마감하면서 그간 독자들이 궁금했던 것들을 묻고 답하는 작가님과의 지상 토크쇼를 열기로 했습니다. 수많은 강연을 다니면서 작가님이 가장 많이 들었던 궁금증에 대한 대답을 실었으니 재미있게 읽어 주세요.

- 편집부

Q: 원래는 어린이를 대상으로 한 작품으로 명성이 높은 작가셨습니다. 그런데 왜 갑자기 '재석이'라는 청소년을 위한 이야기를 집필하게 되셨을까요?

A: 동화 작가로 이름을 날리고 있을 때였다. 비전코리아라는 출판사의 편집장이 연락을 해 왔다. 그가 나를 만나 대뜸 던진 첫 마디가 이거였다.

"사장님이 작가님을 잘 아세요."

나도 반색을 했다.

"아, 이야기는 듣고 있었어요."

사장님은 나와는 대학 동문이다. 과는 다르지만 1년 선배이고, 그와 만나게 된 것은 어느 인쇄소 앞이었다. 출판사에 종이를 납품하던 회사 사장이었던 그는, 지인인 K시인의 소개로 나와 인사를 나누었다. 서글서글한 인상의 그와 헤어지고 나서 소식을 나중에 들었는데, 출판사를 하나 인수했다는 거였다. 인접 영역으로 사업을 확장한 것이었다. 아는 사람이 출판업에 뛰어든다는 것은 작가로서도 기분 나쁠 일이 아니었다.

"선생님, 청소년을 위한 자기계발서를 저희와 한번 내시지요."

그 전부터 나는 자기계발서를 한번 내고 싶다는 생각을 하고 있었다. (아직까지 제대로 된 자기계발서를 내고 있지는 못하다.)

"습관만 바꿔도 아이들의 삶이 변합니다. 그런 내용으로 책 한 권 쓰시지요."

귀가 솔깃했다. 광화문의 한 카페에서 그 이야기를 듣고, 쓰겠노라 계약을 한 뒤 나는 집에 돌아와 곰곰이 생각했다. 사실 나는 자기계발에 성공한 작가이다. 장애를 가지고 있기에 남들보다 더 열심히 살아야 했고, 나 자신을 좀 더 개발해야만 이 험한 세상에서 이겨낼 수 있을 거라 생각했기 때문이다. 하지만 이상하게도 구상을 하고 목차를 짜는 동안에도 별 재미를 느낄 수 없었다.

'이게 나는 전문이 아닌데….'

고민하다가 다시 연락을 했다.

"박 편집장님, 나의 전문은 '소설'입니다. 가공의 스토리를 써내는 게 나의 능력인데, 자기계발서를 쓰는 것은 안 맞는 것 같아요."

"그러면 어떻게 할까요?"

"대신 제가 자기계발 내용이 들어 있는 청소년 소설을 쓰면 어때요?"

"아, 그거 너무 좋지요! 그렇게 해 주세요."

그래서 쓰게 된 것이 바로 이 까칠한 재석이 시리즈이다.

Q: 시리즈의 첫 번째 작품인 《까칠한 재석이가 사라졌다》는 책을 처음 잡으면 손에서 뗄 수 없는 흥미진진한 스토리와 흡입력이 특히 인상적입니다. 어떻게 이런 재미있는 이야기를 시작하게 됐을까요?

A: 그렇게 해서 나는 드디어 첫 작품을 쓰기 시작했다. 주인공을 설정하고 이야기를 만들어내는 것은 어렵지 않았다. 나의 기본 창작 모토는 '장애인이 등장하는 내용'이어야 한다는 것이다. 멘토로 장애가 있는 노인을 하나 창조하고, 주인공은 문제를 일으키는 일진, 주먹을 잘 쓰는 아이로 만들었다. 주먹 쓰는 의리의 사나이는 항상 참한 여학생에게 반하게 마련이다. 그리하여 여학생도 하나 창작했다. 그러면서 이야기의 구조를 짰다.

전통적으로 재미난 이야기 구조는 바로 메인과 서브의 평행선이다. 드라마를 봐도 메인 주인공들의 러브라인이 생길 때 그 옆에 있는 친구들끼리도 사랑을 속삭인다. 나는 재석의 친구인 민성이와 보담이의 친구인 향금이를 만들었다. 이 넷이 어울리다 보니 이야기 구조가 안정되고 재미있었다.

여기서 고백하지만, 이 이야기 구조는 사실 내가 만들어낸 것이 아니다. 우리의 고전 작품인 《춘향전》의 구조에서 따온 것이기 때문이다. 이몽룡과 춘향, 방자와 향단이의 관계가 바로 그렇다. 전 세계 사람 누구나 재미있게 빠져들 수 있는 이야기 구조다.

Q: 주인공의 이름은 어떻게 정한 건가요? 재석이 이름은 유명 개그맨인 '유재석'에서 따온 게 아닌가 하는 독자들의 궁금증이 오래전부터 있었습니다.

A: 문제는 주인공의 이름이었다. 맨 처음에는 '까칠한 두식이'라고 이름을 지었다. 주먹을 쓰고, 단순무식한 아이에게 어울릴 이름이었기 때문이다. 하지만 '두식'이라는 이름은 이내 편집부의 강한 반대에 부딪혔다.

"선생님, 너무 무식해 보입니다. 공부 좀 하는 아이 이름으로써 주세요."

고민 끝에 나는 '지석이'라는 새 이름을 지었다. 그런데 이번에는 '지석'이가 너무 지적이고 전교 1등만 할 것 같다는 반응이 있었다. 나는 다시 적당한 이름을 찾아야 했다. 그러다 '재석이'로 정했다. 물론 유재석이라는 개그맨이 있기는 했지만, 마침 그의 이미지와도 비슷하게 맞았다. 이렇게 적당히 공부도 하고, 적당히 정의로운 주인공이 탄생한 것이다. 키는 180센티미터가 넘고, 어려운 환경에 있지만 의욕 하나는 강한 아이로 설정했다. 그렇게 하여 주인공들이 탄생했다.

보담이의 이름에도 일화가 있다. 당시 유행하는 예쁜 여자 이름을 찾으려고 하니 잘 떠오르지 않아 인터넷에 '예쁜 여자 이름'을 검색했다. 그러자 가나다 순으로 이름이 끝없이 많이 나오는 것이었다. 그 가운데 '보담'이라는 이름이 눈에 띄었다. 그리하여 우리의 여주인공 보담이가 탄생하게 되었다.

그 뒤로는 작품을 일사천리로 써내려갔다. 부라퀴에게 처음으로 얻어걸려 멘토링을 당하고, 조금씩 자신의 무지와 단순함을 깨달아 밝은 세계로 나오는 주인공의 이야기는 전형적인 성공 스토리이며, 모범적인 자기계발 이야기다.

Q: 이 시리즈에는 '청소년이 가장 읽고 싶은' 등의 화려한 수식어가 붙어 있습니다. 처음부터 '대박 작품'이 될 거란 예감이 있으셨을까요? 재석이는 언제부터 베스트셀러였나요?

A: 원고를 다 써서 출판사에 넘기자 출판사에서도 재미있다고 모두 다 기뻐했다. 지금도 기억이 난다. 마침내 인쇄를 할 때였다. 사장님이 "고정욱 작가의 첫 청소년 소설이다."라며 7천 부를 찍겠다고 했다. 그런데 글쎄 지방 서점을 다니던 영업사원들의 "고정욱 작가의 첫 청소년 소설이 나온다."는 홍보에 서점들의 주문이 쏟아져 1만 부가 넘게 선 예약을 받아버린 거다. '재석이'는 인쇄도 들어가기 전에, 무려 초판부터 1만 부 넘게 찍은 히트작의 조짐을 보여주었다.

아니나 다를까, '재석이'는 큰 성공을 거두었다. 어린이와 청소년들은 너도나도 '재석이'에 열광했다. 인쇄하는 책마다 금세 재쇄에 들어갔다. 10만, 20만, 30만…. 거기에는 표지도 한몫했다. 당시에 유행하던 청소년 소설 《완득이》의 표지를 그린 작가가 표지 일러스트를 그렸기 때문이다. 이렇게 해서 재석이 신화가 시작되었다.

지금은 재석이의 누적 판매부수가 60만 부가 훌쩍 넘었으니 롱런하는 스테디셀러이자 베스트셀러라 해도 과언이 아니다.

Q: 재석이의 이야기가 벌써 10권째를 맞이했습니다. 처음 시작할 때부터 재석이의 성장에 초점을 맞춘 시리즈물로 기획은 하셨었나요?

A: 그렇지는 않다. 1권을 발간하고 나서 2년 여의 시간이 흐를 즈음이었다. 독자들에게서 이메일이 날아오기 시작했다.

"선생님, 2탄은 안 쓰시나요?" "작가님, 재석이랑 보담이는 맺어지나요?"

당황스러웠다. 소설을 단권으로는 써봤지만, 연속으로 후속작을 쓰는 건 처음이었기 때문이다. 출판사에 연락했더니, 그런 문의가 이미 많이 오고 있다는 거다.

"언제든지 2탄을 쓰시면 발간하겠습니다."

출판사 측에서는 이렇게 말했다.

하지만 나는 약간의 거리낌이 있었다. 어떤 작품이든 2탄은 1탄보다 뛰어나기가 힘들다는 걸 알기 때문이었다. 조금은 망설였지만, 어린이, 청소년들이 열화와 같이 요구하니 어쩔 수가 없었다. 결국 《까칠한 재석이가 돌아왔다》를 구상하게 되었다.

당시 히트치고 있던 오디션 프로그램의 유행에 따라, 재능도 없이 유행을 따르는 주인공들의 모습을 그려냈다. 2탄 역시 열화와 같은 성원에 힘입어 판매에 호조를 보였다. 이렇게 되다 보니 출판사에서 3탄, 4탄을 끊임없이 이어 내기로 결정하였고, 나 역시 독자들이 바라니 써낼 수밖에 없었다.

Q: 처음 작품을 접하는 독자는 생각보다 거친 주인공의 언행에 놀랄 수도 있을 것 같습니다. 반면 정제된 언어가 아니라, 비교적 '나'와 익숙한 언어를 사용하는 재석이에게 쉽게 감정이입 하거나, 동질감을 느낄 수도 있을 것 같고요. 작품에서 재석이가 현실의 욕을 그대로, 그것도 많이 하는 이유는 무엇일까요?

A: 얌전한 아이들이, 강연을 가면 이렇게 묻는다.
"선생님, 왜 재석이는 욕을 해요?"
그러면 나는 말해 준다.

"소설은 평상시 너희들의 모습을 그린 거야. 너희들이 욕을 안 했으면, 재석이도 욕을 안 했겠지."

"아, 그렇구나."

청소년들의 거친 모습들을 너무 있는 그대로 그려서인지, '재석이'는 사실 학교에서 추천 도서나 권장 도서가 되지 못한다. 하지만 그게 무슨 대수겠는가? 아이들이 '내 목소리'와 '내 이야기' 같다고 재미있게 읽어 주면 되지 않겠나?

그뿐만 아니라 재석이는 거울치료의 효과를 톡톡히 보여주는 작품이다. 거울치료는 타인의 행동에 자신을 비춰보며 스스로를 돌아보는 것을 뜻하는 말이다. 마치 거울을 보며 얼굴을 확인하듯, 자신의 마음이나 행동을 되돌아보는 것이다. 재석이가 욕을 하거나 친구들을 거칠게 대하는 모습을 보면 나의 행동도 남에게 그렇게 비쳐질 수 있음을 깨닫게 해 준다.

Q: 이 작품의 성격은 무엇인가요?
자전소설인가요, 성장소설인가요?

A: 예전에 S출판사의 편집장이 해 준 이야기가 크게 깨달음을

주었다. 청소년 소설이 아직 출판 시장에 자리잡지 못하던 시절, 작가들에게 청소년 소설을 써 달라고 하면 두 종류로 써 온다는 것이다.

하나는 자전적인 소설이다. 자기 어린 시절에 겪었던 이야기를 써온다는데, 까까머리에 교복을 입고 다니며 기껏해야 빵집에나 가던 이야기를 요즘 아이들이 재미있게 읽을 리가 없다. 한마디로 자기 동일시가 되지 않기 때문이다.

그리고 두 번째가 성장소설이라는 것이다. 청소년은 성장하고, 그 성장하는 이야기를 쓰는 건 맞지만, 사실 보통 성장소설은 너무 진부하다. 주인공의 내면 변화나 성숙 과정을 그리는 특성상 사건이 크고 극적이지 않아 흥미가 떨어질 수 있기 때문이다. 게다가 인물의 갈등이 일상적이어서 독자에게 강한 인상을 남기기 어려운 경우도 많다. 너무 교훈적으로만 흐르면 지루하거나 뻔하다는 느낌을 줄 수 있다. 환상적인 요소나 상상력을 살리기 어렵다는 점도 한계이다. 그러니 성장소설로 써서는 아이들의 삶을 그대로 그려낼 수 없었다.

그래서 '재석이'는 나의 이야기가 아니라 요즘 아이들의 이야기, 요즘 아이들의 목소리, 요즘 아이들의 용어를 사용해 작품으로 쓰려고 노력했으며, 재석이가 성장하기도 하지만 실패하는 내용도 써 주었다. 그것이 맞아떨어진 것 같았다.

Q: '까칠한 재석이가 oo했다'란 제목이 독특합니다. 제목 탄생의 비화가 있을까요?

A: 재석이 시리즈의 제목을 짓는 것도 정말 어려웠다. 처음엔 단순하게 '까칠한 재석이'로 할까도 생각했다. 하지만 좀 더 궁금증을 유발하는 것이 독자들의 흥미를 자극할 것 같았다. 그래서 역동적인 동사 '사라졌다'를 붙이니 아주 생동감이 넘쳤다. 그래서 그 이후 '재석이가 oo 했다'는 식의 제목이 시리즈 전체에 붙게 되었다.

시리즈로 내다보니 좋은 점도 있었다. 청소년들의 문제와 고민이 무엇인지를 알게 된 것이다. 성적, 외모, 학교폭력 등등 문제가 엄청나게 많은 것 같지만, 사실 '까칠한 재석이' 시리즈에서 전부 다 다루었다고 해도 과언이 아니다. 그만치 몇 개 안 되는 고민으로 우리 청소년들은 고통받고 있었다.

마지막 10탄이 대학입시로 끝나는 것은 바로 이 고민이 우리나라 대부분의 청소년들이 하는 고민이기 때문이다. 대한민국 고교 졸업생의 대학 진학률은 약 79% 수준이며, 일반고는 이보다 약간 높고, 직업계고는 48% 정도이다. 전체적으로 10명 중 8명꼴로 대학에 진학한다고 볼 수 있다. 대학을 가든 못 가든, 청소년들은 성장한다. 성장해서 어른이 되고, 이 사회의 주축이 되어 나간다. 그렇게 그들이 내 책을 읽으면서 고민을 이어 나가기를 바랐고, 그 고민에 올바른 시사점을 주고 싶었다.

Q: 재석이에는 작품마다 꼭 적당한 조언을 해 주거나 의지할 수 있는 '좋은 어른'이 등장합니다. 매 작품마다 이런 인물을 등장시키는 이유가 있을까요?

A: '재석이'에는 꼭 사건이나 문제마다 멘토가 등장한다. 멘토라는 사람들은 그 분야의 전문가들이다. 학교 폭력이나 왕따, 혹은 봉사, 게임, 이런 문제들마다 이 사회의 올바른 양식을 가진 어른이 멘토로 등장해서 아이들에게 가르침과 도움을 준다.

하지만 현실에서는 시기적절하게 좋은 멘토를 만나 멘토링을 받기 어렵다. 멘토링을 접할 수 없는 아이들이 내 작품을 통해 다양한 멘토를 만나 멘토링을 받고, 그 가르침을 통해서 올바르게 성장했으면 하는 마음이다.

Q: 유명 웹툰 작가가 표지를 그리기도 했는데, 개인적인 친분이 있어 함께 작업한 건가요?

A: 그럴 리가…. 한 번도 표지 작가를 만난 적이 없다.

지금도 기억나는 것은 《까칠한 재석이가 달라졌다》라는 작품이다. 외모지상주의를 주제로 삼은 작품이었다. 그래서 나와 출판사는 과감한 시도를 했다.

"이번 표지만큼은 웹툰 작가로 유명한 박태준 작가에게 맡기자!"

그의 《외모지상주의》는 그때 모든 청소년이 열광하는 웹툰이었다. 박태준 작가도 기꺼이 "고정욱 작가님의 작품이라면 그려 드리겠습니다."라고 하여, 멋진 표지가 탄생했다.

하지만 문제도 있었다. 이때부터 재석이가 잘 생겨지기 시작한 것이다. 원래 '재석이'는 잘생긴 주인공이 아니었다. 약간은 투박한 주인공으로 설정했었다. 그런데 점점 표지 그림이 잘생겨지면서 시리즈를 거듭할수록 '재석이'는 거의 완벽한 외모를 가진 주인공으로 바뀌어 갔다.

Q: 선생님 작품의 여자친구 남자친구 개념은, 명확하게 '사귄다'의 지점이 아닌 것 같습니다. 다른 작품인 《퍽》에서도 '여자친구'라는 단어를 쓰지만, 이성 교제의 느낌보다는 호감이 있는 이성 사람 친구의 느낌이 더 강한데, 재석이와 보담이도 서로 조금 더 각별하지만, 일반적인 의미의 연인 관계란 느낌은 들지 않습니다. 이렇게 설정하신 이유가 있을까요?

A: 재석이의 성공 요인 가운데 하나는 러브라인이다. 보담이와 재석이, 향금이와 민성이의 러브라인은 살짝살짝 선을 넘을 듯 말 듯 하며 이어진다. 나의 경우 청소년기에 뜨거운 이성 간의 열정은 공부도 방해하고, 나의 갈 길을 흐리게 하는 것이었다. 내가 수많은 강연을 가서 남녀공학 학교 선생님들의 이야기를 들어보면 이건 요즘도 사실이다. 나의 청소년기의 경우 건전한 이성 교제가 허락되지 않던 시대라 더 그럴 수 있었지만, 어쨌든 청소년기는 자신의 삶을 위해, 미래를 위해, 시간과 노력과 피땀을 흘리며 투자해야 할 시기이다. 이성에 대한 지나친 관심과 몰입은 자제해야 한다.

이제 시리즈가 끝났으니 나머지 러브라인은 독자 여러분이 상상으로 만들어주기 바란다.

Q: 이번 《까칠한 재석이가 비상했다》는 '마지막' '대단원의 마무리' 등의 수식어가 붙었습니다. 이야기를 끝내기로 결심한 이유가 있을까요?

A: 시리즈가 막바지로 가면서, 나는 세상의 변화를 느끼게 되었다. 과거에는 없던 넷플릭스라든가 웹툰 등이 쏟아져 나왔다. 독자들은 더 자극적이고, 더 강한 것을 원했다. 그렇게 하여 처음엔 매웠던 '재석이'가 밋밋한 맛이 되어 버린 것이다. 그때는 《까칠한 재석이가 사라졌다》가 매운맛이 분명했지만, 시대가 흐르며 더 센 스토리들이 나오면서 지금의 '재석이'는 요즘 아이들 기준에서 보면 순한 맛이 되어버린 것이다.

독자들이 가끔 묻는다.

"재석이 언제까지 쓰실 건가요?"

나는 "《짱구》라든가 《원피스》처럼 평생 쓰겠다."고 이야기했지만, 그 꿈은 이제 접어야 할 것 같다. 시대가 변하였고, 독자들이 더 이상 '재석이'에게 열광하지 않는다. 그런데도 작품을 계속 써낸다는 것은, 독자들을 무시하는 오만함이라고 생각한다. 이번 10탄을 끝으로 나는 '재석이'의 막을 내리려 한다. 물론 재석이가 대학에 들어가고 자신의 꿈을 향해 날아오른다는 뜻에서 《까칠한 재석이가 비상했다》라고 제목을 달았지만 날아오른 뒤의 일은 독자들의 상상에 맡긴다.

Q: 재석이의 메시지는 무엇인가요?

A: 이제 재석이는 날아올라, 새로운 곳에서 다시 노력하고 분투해야 한다. 날아오르면 모든 게 희망차고 다 좋을 것 같다. 하지만 누구나 결코 쉽게 날아오를 수는 없다. 그리고 날아오른다고 모든 게 해결되지 않는다는 현실을 보여주고 싶었다.

중요한 메시지는 이것이다. 누구나 힘들고 어려운 인생을 살고 있다. 하지만 좋은 멘토를 만나고, 좋은 친구를 만나 끊임없이 노력한다면 우리에게는 반드시 희망이 있고, 날아오를 수 있다는 점이다. 그렇기에 우리는 포기하지 않아야 한다. 뒤처진 것 같지만 끝날 때까지 끝난 게 아니다.

이 작품을 쓰면서 나도 크게 성장했다. 청소년 소설계의 중요한 작가가 되었을 뿐만 아니라, 초등학교가 아니라 중고등학교까지도 강연을 다니게 되었다. 또 다른 청소년 대상 작품들도 많이 썼다. 또 기쁜 소식은, 아동문학의 노벨상인 '아스트리드 린드그렌상' 후보가 된 것이다. 나의 업적이 인정받았다는 느낌이 들어 너무나 기쁘고 고맙다. 이것은 모두 오랜 기간 나를 사랑해 준 독자들 덕분이고, 또한 '재석이'가 나를 응원해 준 결과라 생각한다.

마지막 권에서는 부라퀴도 죽고, 아이들도 성장해서 각자의 꿈을 향해 나아간다. 그것이 인생이다. 만난 사람은 헤어지고, 헤어진 사람은 또다시 만나는 것. 하지만 슬퍼할 필요는 없다. 그 과정에서 우리는 성장한다. 다음 단계를 향해 나아갈 수 있다. 문제는 그 성장이 사선으로 이루어지는 것이 아니라 '계단식'이라는 점이다. 모든 순간, 땀과 노력을 쏟지 않으면 도약할 수 없다.

Q: 시리즈를 끝내는 소감 부탁드립니다. 섭섭하지는 않으신가요?

A: 당연히 섭섭하다. 그리고 아쉽다. 그러나 영원한 것은 없다. 오히려 여기서 마무리함으로써 독자들도 재석이와 헤어져 더 성장하기 바란다. 포기하지 않고 끝없이 노력하는 여러분이 되길 바란다. 재석이도 지금 어딘가에서 자신의 삶을 위해 최선을 다하고 있을 것이다. 물러나지 않고, 웅크리지 않으며, 비겁하게 고개 숙이는 일 없는 우리 어린이·청소년들이 되길 바라며 <까칠한 재석이>의 마지막 뒷이야기를 마무리한다.

그동안 보내주신 여러분들의 큰 사랑에, 엎드려 큰절 올린다.

★ 미리 읽어 본
독자 평가단의 감상

전윤서

《까칠한 재석이가 비상했다》를 읽는 것은, 오랜 친구의 편지를 다시 받아보는 일 같았다. 학창 시절, 도서관 한켠에서 처음 재석이를 만났던 기억이 아직도 선명하다. 그때의 재석이와 나는 비슷했지만, 나는 어른이 되었고 재석이는 이제 막 어른이 되었다. 그 모습이 낯설면서도 반가웠다. 돌이켜 보면, 재석이의 이야기에 깊이 몰입할 수 있었던 건 내 안의 감정과 겹쳐졌기 때문이었는지도 모른다.

시간이 지나 다시 만난 재석이는 여전히 서툴고 복잡하지만, 그 속엔 분명 전과는 다른 온도가 느껴진다. '비상'이라는 제목처럼, 이제 그는 자신만의 날개를 펴려는 준비를 시작한 듯하다.

10권의 시리즈가 탄생하는 동안, 재석이가 걸어가는 그 길 위에서 우리는 함께 성장하고 있었다. 상처 주고, 상처 받고, 때로는 미워하면서도 결국은 이해하고 싶은 마음. 그것이 바로 이 시리즈가 꾸준히 우리에게 전해온 메시지였다.

만약 내가 재석이와 같은 나이로 돌아간다면, 나는 어떤 비상을 꿈꾸었을까. 지금의 나로서는 선뜻 상상하기 어려운 시간이지만, 분명 그때의 나 역시 누군가의 말 한마디, 한 권의 책으로 조금씩 마음의 방향을 틀고 있었을 것이다.

《까칠한 재석이가 비상했다》는 복잡한 세상에서 자신의 감정과 관계를 다시 직면하고 싶은 모든 이들에게 건네는 조용한 희망이 아닐까 싶다. 완간이라는 말이 아쉬울 정도로, 재석이가 전해주는 삶의 빛은 오래도록 마음에 남는다.

마포중학교 2학년 임주원

고등학교 일진 생활을 하며 문제아였던 재석이가 인생의 스승님인 부라퀴를 만나고, 친한 친구들의 도움으로 마음을 잡고 공부하는 내용으로 시작했던 <까칠한 재석이> 시리즈.

10대 후반과 20대 초반을 거치면서 연달아 소란스러운 사건에 휘말리고 친구들과 함께 해결해 나가면서 재석이는 마음도 함께 성장한 것 같다.

이번 마지막 《까칠한 재석이가 비상했다》에서는 부라퀴 할아버지가 돌아가실 때 함께 눈물이 났고, 재석이가 드디어 목표를 이루는 순간은 함께 박수를 치고 싶었다.

겉은 까칠했지만 속은 부드러운 두리안 같은 재석이를 만나지 못한다는 점이 아쉽지만, 이후의 재석이에게도 응원을 보내고 싶다.

예당중학교 3학년 임현수

《까칠한 재석이가 사라졌다》를 시작으로 16년 동안 시리즈가 나왔다. 그리고 10번째 《까칠한 재석이가 비상했다》로 완결되었다. 첫 이야기부터 꾸준히 읽은 아이들은 이제 성인이 되었겠다. 작가님은 40대 중반부터 시작해서 60대 중반이 되어 끝맺게 되셨다고 하시는데, 어떤 이야기로 마무리할지 고민이 참 많으셨을 것 같다.

제목에서 알 수 있듯 재석이는 성인이 된다. 어려운 환경에서 흔들리기도 하지만, 두 다리로 자신의 삶을 잘 버티고 선다. 꿈도 찾고, 그 꿈을 이루기 위해 고군분투하는 모습이 이어진다. 세상에 주눅 들지 않고, 물러서지 않고 자신의 길을 가는 재석이를 응원하면서 읽게 된다.

쉽고 빠른 길이 아닌, 자기가 똑바로 서는 길. 그런 길을 걷는 재석이로 끝나서 다행스럽고 기쁘다.

경남외국어고등학교 1학년 김선우

환상적인 결말을 보여주기보다는, 현실에 맞게 재석이가 꿈을 이루기 위해 고군분투하는 모습을 응원해 주기를 바랐다는 작가님의 말씀처럼, 재석이가 삼수를 하면서 느끼는 감정들과 꿈을 이루기 위해 끝까지 노력하는 모습들이 제가 나아가야 하는 방향인 듯해서 더 와닿았습니다.

<까칠한 재석이>는 이 시대의 고등학생, 그리고 재수생 등 입시의 전쟁터에서 살아남아야 하는 우리가 꿈을 이루기 위해 끝까지 노력할 수 있도록, 힘을 내게 하는 책이었습니다. 결국에는 작가로서 성공한 재석이의 훗날의 모습을 상상하면서 저 또한 힘을 내어 봅니다.

힘내라, 재석이!! 힘내라 대한민국 모든 입시생들이여!!

예닮글로벌학교 7학년 정은서

<까칠한 재석이> 시리즈를 계속 서평 하면서 늘 느꼈다. 이 시리즈는 요즘 청소년들에게 꼭 맞는 책인 것 같다. 요즘 시대에 어떤 것이 중요한지, 무엇이 포인트인지 딱

딱 짚어주는 책이다. 《까칠한 재석이가 비상했다》가 시리즈의 마지막 권이라니 조금 아쉽기도 하다.

<까칠한 재석이> 시리즈를 읽으며 늘 생각했던 사실은, 책을 계속 읽다 보면 나의 지난날을 돌아보게 된다는 것이다.

예전에 나는 여러 동아리에 지원했지만 늘 실패를 반복했는데, 3개월의 시간에 걸쳐 성공했다. 재석이도 공모전에 몇 번이고 도전했지만 실패하기 일쑤였다. 하지만 고된 노력 끝에 성공하는 것이 나와 비슷해 조금이나마 공감되었다.

"최선을 다해라. 엄마는 너를 믿는다. 너무 부담 갖지 마."

매일 엄마가 재석에게 하는 말이다. 나는 이 문구를 보면서 '작은 이 한마디가 사람 마음을 움직일 수 있구나'라고 생각했다. 엄마의 이 짧은 말 하나로 재석이가 용기를 갖고 성공했듯이, 말의 힘에 대해 다시 한번 생각해 보게 되었다.

이번 마지막 이야기를 통해서도 나는 또 한 번, 많은 것을 배웠다.

@feelingyard 힐링뜰

이 책은 학교 가을 축제를 위한 연극의 리허설 장면으로 시작한다. 대학생이 된 까칠한 재석이가 극본을 썼다. 그런데 현실의 재석은 학원 옆 편의점의 파라솔 테이블에서 팔을 베게 삼아 잠시 잠이 들었다. 입시에 두 번이나 실패한 삼수생, 대학 합격의 절실함이 꿈으로 표현된 것이다.

대학에 다니는 친구들이 부럽다. 여자 친구와의 관계도 순탄치 않고, 만남과 이별이 반복되고 마음도 힘들다. 열등감은 두터워지는데, 그래도 공부는 해야 하고 글도 써야 한다. 지원하는 공모전은 번번이 소식이 없거나 낙선이고, 게다가 어머니는 무인 카페를 하시는데 건강이 안 좋다.

《까칠한 재석이가 비상했다》는 제목을 보고 재석이 좋은 대학에 쉽게 합격했거나 글쓰기로 아주 큰 상을 받은 게 아닐까? 하고 기대했었다. 하지만 현실은 쉽지 않고, 좌절할 일들이 수시로 일어난다. 그래도 재석은 우여곡절 속에서도 꿋꿋하게 크고 작은 힘든 일들을 이겨내며 공부하고, 글을 쓰고, 지원하고, 다시 또 도전한다. 바쁜 수험 생활 중에도 시간을 내서 장애인 할아버지 부라퀴도 살핀다. 그렇게 마음 따듯한 재석을 가족처럼 응원하게 된다.

마지막 편이라서 아쉬움이 남는다. 마음 불안하게 속을 태우고 졸이면서, 초조한 재석이 마음처럼 같이 출렁이며 재밌게 읽었다.

방곡초등학교 5학년 하지안

아직 나에게는 아직 멀게 느껴지는 중학교, 고등학교…… 하지만 그 시간을 잘 지내야 한다는 것이 이 책을 읽은 후의 나의 결론이다.

요즘 나는 사춘기 문턱을 들락날락하는 내가 느껴지고, 엄마가 하는 모든 말들이 잔소리로 느껴지고, 너무 서럽게 느껴진다. 그래서 그런지 한쪽 마음으로는 나를 꼭 붙잡고 더 잘해야 되겠다는 생각을, 다른 쪽으로는 자꾸 내 마음 가는 대로...... 사춘기인데 뭘, 하는 생각을 한다. 머리가 복잡하고 마음대로 되지 않는다. 쉽지 않다.

과거는 되돌릴 수 없고, 지금 후회하는 재석이 형의 모습이 안타깝다. 결국 미래의 나는 내가 결정하는 것이다. 이런 말을 들어 본 적이 있다. "포기는 배추를 셀 때나 하는 말이다." 그래도 포기하지 않고 지금이라도 도전하는 재석이 형의 모습이 너무나 멋있게 느껴진다.

재석이 형의 비상을 응원한다.

이진미

십여 년간 독자들과 함께 성장해 온 고정욱 작가의 <까칠한 재석이>가 드디어 마지막 여정을 마쳤습니다. 이야기의 중심은 여전히 재석입니다. 모두가 대학이라는 이름을 위해 달려 나가는 이 시점에서, 재석이는 한 발짝 느리게 남아있어요.

하고 싶은 건 분명히 있는데, 그걸 이루기 위해 거쳐야 할 과정은 쉽지 않고, 주변 사람들과의 비교는 늘 마음을 조급하게 만들죠. 재석이는 문예창작과를 목표로 수많은 글쓰기 대회에 도전하지만 연이은 실패는 자존감을 갉아먹고, 결정적으로 삶의 지표 같았던 부라퀴 할아버지마저 세상을 떠나시면서 벼랑 끝에 서게 됩니다.

하지만 고정욱 작가는 주인공 재석이를 절대 절망 속에 빠져있게만 두지 않아요. 주저앉은 자리에서 손을 내미는 친구들, 뒤에서 묵묵히 응원하는 엄마, 그리고 무엇보다도 재석 스스로가 자기 마음속에서 꺼낸 용기 덕분에 다시 일어섭니다.

그 과정을 지켜보는 것만으로도 입시를 준비하는 수많은 십 대들과, 또 세상의 풍파에 휘청이는 모든 이들에게 큰 위로가 됩니다.

실패를 반복해도 끝이 아니라는 걸, 속도가 느려도 멈춘 게 아니라는 걸 이 책은 담담하게 알려 준 거죠.

작가 고정욱은 처음부터 지금까지 한결같이 현실의 청소년들을 바라보며 글을 써온 작가예요. 때론 서툴고, 때론 까칠한 인물들을 통해 우리가 외면하기 쉬운 고민을 정면으로 다루어 왔고요. 마지막 권인 《까칠한 재석이가 비상했다》에서는 그간의 메시지가 열매를 맺은 느낌이 들었어요. 여전히 '성공'보다 '성장'에 집중하는 서사 구조가 마음에 닿더라고요.

특정 인물에 국한된 것이 아니라, 꿈이 잘 안 잡히는 그 누구라도 깊은 울림을 받을 수 있도록 확장된 작품. 이제 더 이상 까칠하기만 한 아이가 아닌, 자신을 지키는 방법을 터득한 우리들의 재석이를 보면서 그 비상에 응원을 보내게 되는 작품입니다.

<까칠한 재석이> 시리즈를 처음 만났던 어린 독자 중에는 어느덧 어른이 된 사람도 있을지 모르지만, 재석이의 이야기는 여전히 많은 이들의 가슴속에서 이어질 거예요. 재석이의 비상처럼 우리 각자의 비상도 언젠가는 시작되니까요.

날갯짓을 시작한 청년 재석이! 그의 비상을 응원합니다.

장예주

〈까칠한 재석이〉 시리즈가 10편을 마지막으로 대단원의 막을 내렸다. 2009년 고정욱 작가가 애플북스로부터 청탁을 받은 이후 무려 16년이라는 시간이 흘렀고, 그동안 많은 독자가 재석이의 성장을 지켜보았다. 10편 《까칠한 재석이가 비상했다》에서는 그동안의 인물 간 관계가 정리되고, 한 단계 더 성숙해지는 재석이의 모습을 만나볼 수 있을 것이다.

작가님은 재석이가 명문대에 진학해 꿈을 이루는 것으로 작품의 포문을 열지 않는다. 오히려 현실감 있게 재석이가 학창시절 공부에 소홀히 했던 과거를 후회하고, 그럼에도 앞으로 어떻게 해야 할지를 진지하게 고민하도록 만들었다. 재석이는 이 과정에서 친구들과 다시 소통하고 조금씩 스스로 자신의 미래를 쌓아나갈 수 있게 된다.

재석이를 탄탄대로로 이끄는 대신, 좌절과 실패 속에서도 포기하지 않는 의지로 나아가는 모습을 보여주어 재석이의 진정한 비상을 응원하게 만든다. 물론 마지막은 그래도 뭔가 해피엔딩이길 바라는 독자들의 기대를 저버리지 않는 모습이다. 완결판인 《까칠한 재석이가 비상했다》를 통해 비록 시간이 걸릴지언정 절대 포기하지 않고 제 앞길을 헤쳐나가며, 필요하다면 주변에 솔직히 이야기하고 도움을 청하며, 연락이 끊어졌던 친구들과도 계속 이어질 수 있도록 하는 모습을 담아내어 좋았다.

인천 청람중학교 2학년 채서린

무엇이든 최선을 다하면 잘될 거라고 파이팅을 외치던 때가 있었다. 노력하면 모든 것이 완벽하게 이루어질 거라고 믿었던 날들. 하지만 이젠 조금씩 알아가고 있다. 세상에 노력해도 잘되지 않는 일도 있다는 것을. 또한 완벽하게 일이 이루어지는 건 불가능한 이야기였다. 애초에 '완벽'이라는 것의 기준이 사람마다 다르기에 완벽의 정도는 상대적이기 때문이다.

그렇지만 슬퍼하지 않아도 된다. 그 모든 시도와 노력은 결국 나의 것이 된다는 것, 내가 나를 위해 노력한 시간은 결코 나에게서 사라지지 않는다는 것. 그래서 지금 눈에 보이는 결과가 내 맘에 들지 않더라도 나는 더 나은 내일을 만들어갈 수 있을 거라는 믿음과 기대를 가지는 것. 이런 것들을 알아가는 시기에 재석이 오빠를 만나서 참 다행이다.

처음 재석이 오빠를 만났을 때 불량 서클에서 나오기 위해 맞기까지 하는 모습에 놀라기도 하고 또 그 결심이 대단하다는 생각이 들었었다. 그리고 그런 새로운 선택에 좋은 영향을 준 부라퀴 할아버지와 보담 언니, 엄마와 또 다른 사람들과 같은 좋은 만남이 있었다는 것이 부럽고 다행이라고 생각했다.

그런 재석 오빠가 삼수생이 되었다는 것이 조금 아쉽기도 했지만, 또 공평하다는 생각도 들었다. 재석 오빠가 이전에 했던 많은 선택들, 또 다른 친구들이 한 다른 선택의 결과니까 말이다. 하지만 재석 오빠가 자기만의 속도로 자기의 꿈을 계속 찾아 나가서 고맙고, 나도 나의 길을 찾고 싶다는 마음이 생겼다. 대학입시가 힘들어도 글을 왜 쓰는지, 재석 오빠 자신만의 이유가 확실하니 그것도 참 행복할 것 같다. 요즘 나도, 내 친구들도, 무엇을 해야 할지 막막할 때가 많다. 어른들은 내게 정말 좋아하는 게 뭐냐고, 가슴 뛰는 일을 하라고 하는데, 도대체 그게 어떤 일인지 사실 잘 모르겠다. 더 많은 것을 열심히 경험하다 보면 나도 나만의 꿈이 생기겠지? 기대하는 마음으로 오늘을 열심히 보내야겠다.

'오늘의 내 모습은 과거 내 삶의 결과'라고 작가님이 재석 오빠를 통해 우리에게 전해주는 메시지를 깊이 간직하려고 한다. 또 오늘을 열심히 살아가다가 맘에 들지 않는 내 모습이나 결과를 마주할 때가 있더라도 나에게도 부라퀴 할아버지처럼, 보담 언니처럼, 그리고 엄마처럼 내 주변에서 나를 위로해 주고 언제나 용기를 주는 키다리 아저씨 같은 분이 있다는 것을 믿고 힘을 내봐야겠다. 물론 할아버지가 돌아가신 것처럼 언젠가는 헤어질 수 있지만, 앞으로는 미래에 일어나지 않은 일을 두려워하지 않고 오늘을 더 열심히 살아가는 내가 될 것이다.

100년을 사는데 1~2년 잠깐 멈칫하면서 성장하는 것도 필요하다고 하신 부라퀴 할아버지의 말씀은 요즘 청소년기 부모님들이 더 많이 들었으면 좋겠다. 우리는 지금 마디를 만드는 중이라고 말이다!!

이렇게 오랜 시간 좋은 책을 만들어주신 고정욱 작가님께 감사하다. 인터뷰를 꼼꼼하게 읽어보며 현대 청소년들의 고민과 실제 모습을 디테일하게 잘 담아주시면서도 교훈까지 놓치지 않은 모습이 참 인상적이었다.

마노 (이혜영)
유엔 캐릭터(UNFPA)를 개발했고 순정만화 작가, 스토리 작가,
일러스트레이터로 다양하게 활동하고 있습니다.

까칠한 재석이가 비상했다

초판 1쇄 발행 2025년 7월 22일
초판 2쇄 발행 2025년 10월 24일

지은이 고정욱
그림 마노(이혜영)
펴낸이 이범상
펴낸곳 (주)비전비엔피·애플북스

책임편집 한윤지
기획편집 차재호 김승희 김혜경 박성아
디자인 김혜림 이민선 인주영
마케팅 이성호 이병준 문세희 이유빈
전자책 김희정 안상희 김낙기
관리 이다정
인쇄 위프린팅

주소 우)04034 서울시 마포구 잔다리로7길 12 (서교동)
전화 02)338-2411 | **팩스** 02)338-2413
홈페이지 www.visionbp.co.kr
인스타그램 www.instagram.com/visionbnp
이메일 visioncorea@naver.com
원고투고 editor@visionbp.co.kr

등록번호 제313-2007-000012호

ISBN 979-11-92641-96-6 04810
      979-11-90147-92-7 (세트)

·값은 뒤표지에 있습니다.
·잘못된 책은 구입하신 서점에서 바꿔드립니다.